O quarto branco

Gabriela Aguerre

O quarto branco

todavia

Ao meu pai, que me deu um livro, este

Quizá ese momento haya sido excepcional, pero de todos modos me sentí vivir. Esa opresión en el pecho significa vivir.

Mario Benedetti, *La tregua*

Existe uma contração muito particular nos músculos da face que antecede o primeiro segundo do choro. Eles se tensionam em alerta, como se estivessem terminando de embrulhar um pacote a ser aberto sem comemorações. Meus olhos piscam secos uma última vez, querendo se fechar para sempre em repouso, cada cílio penteando a pele fina, a pulsação acelerada sob a pálpebra, as imagens internas se misturando: o que era, o que era, o que será. A ponta do meu queixo treme como nunca; os cantos da boca murcham, o lábio inferior despenca e a mandíbula se lança ao vazio, tentando uma palavra, uma frase, que não consegue ser dita nem pensada. Da garganta não sai nada. As cordas vocais esticadas são um violoncelo sem arco. Um suspiro então acontece, como o impulso final da corrida. O mesmo suspiro que uma mãe conseguiria decifrar do seu bebê sobre a barriga — um tremer daquele corpo tão pequeno, um segundo só e a certeza de que algo vai irromper, o fôlego interrompido, o microssegundo antes da lágrima formada na raiz dos cílios inferiores. O abismo onde caio.

O envelope rasgado em cima da mesa, o papel timbrado nas minhas mãos — as letras e os números formam manchas que decodifico mesmo sem entender a lógica. Que lógica? O nome germânico do exame antecedido de um anti, antimülleriano, não significa nada para mim. Mas, rodeado de espaços em branco, um número em corpo miúdo aponta para o meu nariz como um dedo em riste: não posso mais ter filhos. Meu olhar veloz vai de um canto a outro, compara os pequenos três centésimos aos demais números do canto direito, inteiros, absolutos. Meu resultado é um número quase.

Eu nesta posição, eu com os braços lançados sobre a mesa, os pés pesados parecem que não vão mais se mover, sair de lá, enterrados, a distância imensa que há entre um quatro inteiro e três centésimos, um abismo paradoxal de infinito, me sinto menor do que nunca, um decimal separado infinitas vezes do inteiro, eu, que só queria ser inteira, eu que só

O choro irrompe como se não fosse meu. Meu queixo tremendo é o choro de mil mulheres, meu e da minha mãe. Dela e da mãe dela. E do pai dela a mãe dele. E dessas mães as mães delas, e delas, e mais delas. Choram por mim, choram para mim e comigo, num coro que atravessa anos e séculos, até a primeira célula que é uma e se divide uma e outra e uma e outra e uma e outra vez. Essas mulheres no oco de minha cabeça, mãos fortes nas cinturas finas e grossas, olhando por trás da minha mente, dizendo vem vem que chegou a hora, porque tudo acabou aqui, e não haverá mais nada nem ninguém para continuar a sua história. A minha história.

Chamo o Sandor pelo telefone, primeiro falando sério, pausado, começando frases corretas situadas no tempo, no espaço, respeitando a sequência dos fatos, mas depois soluçando, engasgando nas conclusões das frases, deixando orações sem terminar, até não conseguir falar mais nada. Logo ele está em nossa sala, de pé, me olhando encolhida na cadeira, abraçada aos meus joelhos, ele com o capacete quadriculado da moto ainda nas mãos.

As mulheres todas choram por mim, dando as costas na estação para o trem que nunca viria: Desembarque, Gloria, venha se despedir do seu pedaço de futuro, de sua infinitude genética, de seu nariz de batata detestável mas que nunca mais adornará nenhum rosto, nenhum rostinho. Eu repito para o Sandor:

eu prefiro saber as coisas. Eu me organizo melhor sabendo as coisas. Prefiro as coisas pelo nome. Mas é que. Mas é que

Todas as mãos que tinham me carregado até aqui parecem ter sumido.

Sempre fui de pensar nelas, nas mãos, em todas as que já me tocaram, as que cuidaram de mim, as mãos que cuidam das mãos, as mãos dentro da minha boca quando vou ao dentista, as mãos lavando meus cabelos, as mãos segurando nas minhas ao atravessar a rua, as mãos que se soltam de um lado para se dar do outro. Há uma espécie de corrente invisível de mãos que me permitiram chegar até aqui. Muitas vezes me sinto carregada por um colchão enorme feito de dedos que me empurram para a frente, para cima. Eu tão leve sendo levada e conseguindo ver: a mão canhota do meu pai me mostrando como se esfumaça o carvão no papel, e de um traço surge um cavalo. A mão que retira a mecha de cabelo da frente dos meus olhos ou quando ele gruda na boca. A mão que me faz sentir cócegas quando aperta apenas um pouco na altura do meu quadril, ou na dobra da minha axila. A mão que desentrelaça os dedos e segura palma com palma. A mão que bate na escápula empurrando como quem diz vai. Agora um vácuo, um salto sem rede, aquilo de cair e não ter quem segure, mesmo o outro dizendo vem, vem, pode vir, vem que dá.

Não dá.

A mão solta.

O corpo pesa.

Eu digo alguma coisa para o Sandor, peço que ele volte aos afazeres da tarde, a reunião que tinha ficado em suspenso, as pessoas aguardando por ele ainda com o café na mão, e ponho a mim mesma para andar. Hoje é minha vez de render minha irmã no hospital, meu pai já deve estar esperando que eu chegue. Sim, vou passar a noite.

A chave na porta, as escadas do primeiro andar, a rua para a direita, a ladeira carregando os pés, meu corpo mantendo-se ereto como se estivesse deitado, apenas se lançando na descida, pelo caminho conhecido do bairro, automático quase, familiar, feito de cacos anteriores. Eu vendo a mim mesma de metro em metro, o dia em que passei por aqui e aquilo estava assim, o dia em que aquela padaria ainda era uma casa, o dia em que aquela outra loja também era uma casa, o dia em que havia uma casa ali, o dia em que derrubaram aquela casa, as braçadeiras do trator carregando pedaços de tijolo e cimento rasgados como se fossem de papel, e tudo isso para não ter virado nada ainda, um descampado cinza.

Sempre preferi ver um prédio sendo erguido a um nada ficando, o nada tomando forma de um estacionamento, uma praça oca, um novo estabelecimento de comida da moda que fechará em menos de uma estação, as barbearias velhas baixando as portas de metal para dar lugar a salões de atmosferas que recriam o que antes não precisava ser ambientado, não com tanto esforço. Para as coisas que não vão ficar, melhor o prédio, como planta que cresce a partir de uma semente, do que um dia teria sido uma casa. Sinal de gente. Mesmo com mais sombra. Prefiro isso.

Tem também as coisas velhas, as paredes remendadas, as pinturas descascadas, aquilo que era musgo e virou parte da pedra, as tintas sobre tintas, as partes que faltam. Um pouco como o meu velho, que mesmo aposentado há anos ainda pensa como arquiteto, traça linhas no ar, organiza espaços dos outros, sabe de todas as camadas da cidade desde o ano em que chegou ao Brasil, antes mesmo de virmos, os filhos, para cá. Ele cria, desenha, pinta, é o artista que vê o que não está e talvez nunca esteve. Ontem, por telefone, ele me disse que o quarto do hospital era face sul, que eu levasse um agasalho, porque de manhã fazia frio, e que saco ele estar de volta ao hospital, que só quer voltar para casa. Ele fala casa e eu vejo a casa dele, a samambaia acima da cadeira de balanço de palhinha, a varanda com vista para o céu aberto entrecortado por prédios, o rádio de pilha em cima da mesa de centro, feita com a tora de madeira de demolição que ele encontrou no lixo, onde apoiamos os pés mesmo com sapatos, o rádio velho na cozinha, a imensa quantidade de lugares para sentar e ouvir: música, um ao outro, o nada. Entendo que não tem coisa melhor do que casa.

Olha lá uma mulher triste, o que se passa pela cabeça dela enquanto olha uma vitrine de uma loja de roupas. Dois manequins sem cabeça estão tortos, quase deitados, sendo ajeitados pela dona da vitrine. Me vejo refletida no vidro, meu pescoço quase encaixado na cabeça do manequim vestido de listras brancas e pretas horizontais que ficaram verticais, e vou me descolando dela até a minha cabeça ficar solta, no ar.

Vai passando uma mulher triste, eu me esgueiro entre as sombras da calçada com buracos, vejo passar ao lado uma fachada de farmácia, um bar, uma sorveteria, quem é que toma sorvete em um dia de semana, pais com filhos, mulheres com amigas, sempre uma ocasião, quem são essas pessoas do bar, entro na farmácia pensando em pedir uma solução, em gotas, em cápsulas, em comprimidos, com gaze e esparadrapo.

Passo pela esquina do café, no encontro da rua plana e da ladeira, um café quase desequilibrado ao pé da colina, essa elevação que um dia era só parte do terreno, que ninguém nomeia mas que sobrevive na inclinação do encontro, com nome bonito, de flor no gerúndio, acontecendo para sempre. Há uma pichação na fachada, letras pontiagudas e alongadas, uma assinatura de alguém que se arriscou na noite para isso, marcar, parecendo dizer algo, um livro quase ilegível, de grafias difusas e páginas dispostas pelo vento em lugares aleatórios da cidade. Quantas vezes estive ali equilibrada na esquina da Harmonia com a Simpatia, sempre achando bom esse encontro de palavras, sigo em frente, carregando ainda raviólis coloridos listrados servidos naquele café em uma tarde cinza e fria que não é esta mas poderia ter sido esta se o tempo se detivesse, se o instante pudesse conter todos os outros instantes passados nos mesmos lugares: então voltaria a estar aqui, olhando a interseção de placas enquanto levava à boca o pedaço de massa de listras coloridas. Uma foto. Se ganhassem vida, se contivessem as coisas e não o que já passou, quanto movimento emergeria de todas as coisas para sempre, encapsulado na fotografia da esquina, na dobra quase impossível da ladeira com a rua plana, nas coisas que carrego.

Olha lá vai, e sinto encostar meu braço em outro braço que passa, em sentidos opostos. Acho que reconheço o moço dono do braço que passa por mim, é alguém com quem já tive bastante intimidade, inclusive a de compartilhar goiabas maduras na esquina do quarteirão de cima, goiabas doces e sujas que tinham sido lustradas por uma manga de camisa, mordidas com graça e caroços minúsculos ficando entre os dentes. Era um meio-dia de calor, as palavras saíam englobadas pelos caroços, o tchau saindo com gosto de goiaba, vermelha, e agora esse moço é quem passa e roça o braço no meu, entre os dois apenas um sopro de vento depois de tantos anos. Quase viro o rosto para me assegurar de que o conheço mas nem precisa: conheço. Não só conheço como já o tive entre minhas pernas em uma tarde de chuva e cheiro de grama: não faz nenhum sentido voltar o corpo e olhar, ensaiando um oi, os estranhos voltando a ser estranhos que passam pela mesma rua na mesma hora. Entre um braço e outro, o vazio.

Olha lá, e na rua do cemitério há floristas. E dentro de uma das floriculturas aguarda por algo ou alguém um velho colecionador de vidros de perfume. Sujos, grandes, pequenos, com fundos de perfume envelhecido, espesso, doce, almiscarado. Espalham um cheiro que supera o dos cravos, que também estão, na entrada do salão, nos baldes no chão. Talvez carregar os meus vidros de perfumes e cremes até lá, me satisfaço imaginando um destino a tantos recipientes sem uso, que guardo, vai que precisa. Saio agradecendo e pedindo desculpas para o velho como se as dissesse para mim mesma. Dsclp, sem vogais, para dentro.

Uma mulher triste, e agora entro numa rua sem prédios nem lojas, rara no bairro que toma forma de outra coisa e que já não possui colinas e sim ladeiras, sobrados e sim cafés, casas e sim vitrines, onde todos querem estar mesmo que não sejam de lá, um bairro para visitas, um lugar para passeio, eu só quero mesmo é que algo passe por baixo dos meus pés: a vida.

Nessa viela torta de casas não há sinal de moradores. Uma casa grande após a outra, numa sequência muda, às vezes um cachorro. No fim do dia, ou seja, logo, seguirão todos juntos, como se abduzidos para a bolha própria, a do preparar o jantar, a de servir o jantar ou comê-lo em pé, porque há mais que ser feito, talvez superar o tédio juntos, talvez um programa de TV. Olha lá vai passando

Passo e chego, guiada pelo que não sei, ao prédio em que mora minha mãe, ao lado do hospital de bairro que regurgita alguns corpos mortos por semana. O porteiro abre o portão sem perguntar, um vizinho que era gordo e hoje é magro me reconhece, segura a porta do elevador para mim e deseja bom descanso. Aceito o cumprimento de fim de dia de trabalho, nem tinha mais trabalho, mas vai explicar que me demitiram no mesmo dia em que perdi um filho, o filho ainda dentro de mim, e que portanto eu estava grávida, e que no exame demissional me perguntaram quando eu achava que iria expelir o feto, e que por honra ou justiça ou crença ou qualquer um desses valores fui compelida a processar a empresa, e que esse foi um processo doloroso, que revivi a dor e que reviver a dor dói mais do que ter doído, mesmo que tenha ganhado um bom dinheiro, mas vai explicar que eu ainda sou o que sou, mas que não tenho mais um emprego e nem sei se quero. Esse inferno de ter que me reinventar.

Aceito o bom descanso como o melhor dos cumprimentos, um descanso de nada ou de tudo, um descanso pronto para o descanso. Sorrio por dentro, acho que ele percebe.

Entro no apartamento da minha mãe, a porta destrancada, ela dormindo na sala. Escaneio com os olhos a casa, a forma da mulher grande de cabelos brancos abraçada pela manta sob a janela, no sofá, a mesa de centro cheia de badulaques, os vários álbuns de fotografia empilhados. Corro os olhos até a cômoda, onde se perfilam as fotos em galeria, o altar dos escolhidos.

Minha mãe quando acorda parece achar bom que eu esteja ali.

— Estava tirando um cochilo.
— Não quis te incomodar.
— Quer que te faça um chá?

Eu queria mas não queria dizer que queria que ela fizesse. Eu queria que a minha mãe no fundo adivinhasse o que eu queria e que fosse capaz de dizer, sem perguntar, vou te fazer um chá, para que eu pudesse dizer, não precisa, mãe, e ela responder, não é por precisar mas por ter prazer em te fazer um chá daqueles que você gosta — inclusive eu comprei este exatamente por ter pensado em você.

Não era isso que vinha, e quando vinha era quase pontiagudo. Quer que te faça um chá?

Não quero atrapalhar não posso mais ter filhos nem você me disse para não ir quando era para eu não ter ido nem esteve lá. Você não me avisou, você não me avisou que ia ser assim, que não dava mais tempo, que eu precisava ter feito alguma coisa. Antes. Era de mim que eu estava falando e não para ouvir de você nem no seu tempo e se você chora a morte do seu companheiro o meu morre todos os dias um pouco e você nem imagina que dor é essa e nem adianta agora perguntar porque já resolvi porque já foi porque já não posso.

Era isso o que eu queria te dizer.

— Não, obrigada, não precisa. Só vim aqui pegar uma coisa. Fica aí, não precisa se levantar.

As fotos em cima da cômoda de madeira dizem coisas sobre os eleitos dos porta-retratos. Em um deles, uma imagem mostra o único núcleo da família que ainda não se desfez. Os demais, à medida que o tempo passa e as configurações mudam, se remontam: fotos recortadas, álbuns editados, molduras abaixadas temporariamente como que num descuido, até serem migradas para outro cômodo ou desmontadas para receber outras imagens, algumas até por cima, em uma colagem. Minha irmã, dez anos mais velha do que eu, aparece vestida de noiva; meu cunhado desapareceu. Meu irmão, dois anos mais novo do que ela, está na maternidade abraçando sua mulher, que segura seu filho então recém-nascido. Que aparece ao lado, de toga e diploma na mão.

Vejo a mim mesma vestida para a primeira comunhão e, na moldura ao lado, posando com uma escultura inverossímil de pedrinhas no Wadi Rum poucas horas depois de ter sobrevoado de ultraleve o deserto da Jordânia rindo sem parar e de ter visto, de cima, a fronteira com o Egito. Nunca vi as pirâmides, nem sei se quero. Meu pai, que não existe nos porta-retratos, é que parece ter ido: fala tanto, sem tampouco tê-las conhecido. O velho é bom em descrever lugares sem nunca ter estado neles. Todos os monumentos do mundo, as grandes praças, os prédios descomunais. Ele sabe sem ver. Eu não. Eu preciso

Meus olhos correm pela galeria de fotos como uma câmera em movimento: me vejo também abraçada aos meus irmãos e envolta pelos meus sobrinhos, o menorzinho no meu colo, com cara de segundos antes de uma gargalhada, seu corpo já não tão mole. Não me vejo como sou nem como estou agora, mas meus olhos continuam avançando. O cobertor felpudo perde a silhueta da minha mãe e desinfla, caindo sobre o sofá como um tecido cansado. Ela põe as mãos sobre os joelhos e aperta os olhos, acordando da *siesta* tardia que durou um pouco a mais e não havia mesmo nenhum compromisso para o qual acordar imediatamente. Talvez o telejornal francês do canal francês da TV por assinatura. Antes de fazer o esforço de se levantar, repara que estou em pé, voltada para a parede, cabeça baixa, bolsa ainda atravessada no corpo, uma muda de roupa dentro, que ela naturalmente não vê. Chama meu nome, que não reconheço como meu. Mas tem algo naquela voz que me parece familiar, uma memória vinda de antes das lembranças, quando nada ainda tinha sido chamado. Entre ruídos líquidos e de órgãos se mexendo, ossos estalando, olhos girando nas órbitas, percebo aquela voz como um porto seguro, quando meu coração batia junto com o dela, em uma cadência única e particular, à qual pertencíamos, mas não apenas nós duas. Nós três.

    Porque um dia eu já fui duas.

Nasci no Uruguai no começo da tarde de uma segunda-feira de outono. Fazia pouco que o país estava em ditadura, palavra que aprendi a pronunciar em português, quase sempre falando baixo, dura, intangível, talvez na mesma época em que ouvi meus pais cochichando um com o outro sobre uma mala que chegara à porta da casa de uma conhecida, uma mala que continha partes do corpo de um amigo deles. Ou de quando uma granada foi lançada à nossa porta, no jardim da frente, porque meus pais costumavam receber pessoas que queriam fundar um partido novo. A bomba não feriu ninguém, nem destruiu nada muito importante, apenas o pedaço de uma mureta baixa de pedra entre a nossa casa e a do vizinho que passou a exibir um buraco eloquente, estilhaços de um aviso muito grave, que foi melhor atender.

    Um nascimento naquele tempo era razão para celebrar: um sopro de coisa nova, uma promessa de felicidade, a belezinha que significava ter um ser descobrindo o pé, o riso, a voz dos outros. Meu avô paterno, que era médico de senhoras, como se dizia, fez o parto e anunciou, diante da surpresa da minha mãe, que vivia a terceira gravidez e nem desconfiara da notícia: são duas. A primeira criatura recebeu o nome de Gaia, pelo dia internacional da Terra. Mais ou menos isso, na verdade. Meu pai, anti-imperialista, achava que dia internacional de qualquer coisa era moda norte-americana, uma enorme besteira. Mas minha mãe tinha ouvido na véspera pelo rádio, cismou, o velho afrouxou. O nome era bonito, diferente — meus irmãos tinham recebido nomes comuns, cada um com seu santo próprio, dez anos antes, um perto do outro. A segunda menina chamaram de Gloria, para combinarem as iniciais — sugestão de uma das minhas avós, que logo providenciou um enxoval duplicado. Dois gês bordados nos babadores minúsculos de algodão engomado.

Prematuras, muito leves e pequenas, vivemos quatro semanas em uma mesma incubadora. Assim ficamos aquecidas, monitoradas, ganhando peso. Eu tinha um sinal no peito, uma pequena mancha rosa-escura. Minha irmã não chorou quando nasceu. Quando atingimos três quilos cada uma, fomos finalmente para casa, em um bairro ao norte da avenida Itália, uma extensa via em Montevidéu que separava, àquela época, os bairros pobres dos ricos. Desenhada pelo meu pai, nossa casinha ficava na divisão tênue, em frente a um colégio britânico e ao lado de um terreno baldio que muitas vezes era ponto de encontro de gangues envolvidas em pequenos furtos, algumas vezes até a cavalo. Era pequena e aconchegante, com uma chaminé de pedras, as paredes caiadas de branco, o piso frio coberto de pelegos de carneiro à guisa de tapetes. Quando as minúsculas chegamos, o outono tinha ficado para trás e era a vez do inverno cinza, de vento duro, tetos baixos, noites longas, frio aplacado pela grapa e pela *caña*, os casacos com botões atravessados e os cachecóis cobrindo as bochechas.

Então uma manhã.

Minha mãe percebeu que uma das duas não estava se alimentando direito. Alguma indisposição, talvez passageira, uma recusa manhosa da mamadeira — nem uma nem outra haviam tido tempo nem contato com ela o suficiente para aprender a mamar no peito, fato posteriormente interpretado por mim como uma falta, não de amor, mas talvez de amor, aquele que se dá e se recebe através do corpo, do gesto, do contato. O que parecia uma manha foi virando preocupação: há algo de estranho com ela, minha mãe falou para o meu pai na sala, em frente ao fogo da lareira, alpargatas no pé, os filhos zanzando pela casa, alguns vizinhos. Era sábado.

Meu pai percebeu a aflição e foi ver a pequena. Minha mãe percebeu a aflição dele e ligou para o médico, que disse qualquer coisa, que já estava a caminho. Os médicos antes iam às casas. Os médicos muitas vezes demoravam.

Ela ganhava uma cor arroxeada, ainda pareceu tentar engolir o leite que era mais uma vez oferecido, engasgou e parou. Minha mãe soube que aquilo não era bom, nada bom. Ela não tinha chorado ao nascer — isso fazia sentido. Ela não está nem chorando agora — isso não fazia sentido.

Vocês dois, o marido, alguém mais que não alcanço ver: saiam todos do quarto, por favor, disse ela. Respirou fundo. Tomou a bebê nos braços, segurou-a com um só, e o outro esticou para molhar a ponta do dedo num copo d'água que também estava ali. Com o polegar umedecido, encostou-o na testa da pequena, fazendo o sinal da cruz. "Eu te batizo, Gloria..." E na hora de pronunciar seu nome por completo, decidiu trocar o nome de suas filhas — "Eu te batizo, Gaia" — numa homenagem enviesada àquela que já tomava o caminho de volta, deixando a glória na Terra e a gêmea longe dela, o mais longe que se podia estar. O que veio depois foi o médico chegando, tentando massagem cardíaca com o polegar direito, levando todos no seu próprio carro ao hospital na Bulevar Artigas, no centro da cidade, onde Gloria chegou morta. Nunca se soube o porquê. Ninguém se desesperou.

Na manhã seguinte, a extensa família de ambos os lados se encontrou no Cementerio Central para se despedir do pequeno caixão branco. Uma delicadeza de morte, um algo sem nome doendo por não ter sido mais. A sorte amarga de enterrar um corpo que perdeu o ânimo e deixou de ser. O corpo de Gaia, todos imaginaram.

Eu descobri que tinha nascido com um nome diferente lá pelos meus dezessete anos. Sei que estava com minha mãe no quarto dela vendo coisas antigas, álbuns de fotografia, pastas que continham cartas e documentos. Foi quando peguei por curiosidade o caderno de capa marrom que imitava pele de vaca para ler. Era um diário, guardado pela minha mãe como relíquia e que ela tinha deixado em cima da cama antes de me chamar e eu me sentar ali com ela. O caderno tinha sido escrito por ela à mão, com as marcações de peso e os demais detalhes da rotina das gêmeas tanto no hospital quanto em casa. Primeira vez que Gaia tomava para mim uma dimensão concreta, disposta na caligrafia segura da minha mãe. Era letra, tinha sido coisa. Eu aos dezessete anos quando tive, no meio daquelas emoções estranhas, um sobressalto: "Gaia tem um pequeno sinal no peito esquerdo". Eu sabia que era eu quem tinha um sinal no peito, que desapareceu antes de eu passar pela primeira menstruação, o peito crescer, saltar o mamilo, tão rosa quanto a mancha, que no fim sumiu engolida pelo rosa ao redor. Como é isso, mãe, aqui acho que você errou o nome. Errei nada, filha, o que aconteceu foi o seguinte. E então me contou, o que pensava que sabia, o que penso que sei.

Recentemente ela mudou essa versão dos fatos. Diz que não foi nada daquilo, que eu devo ter inventado ou romanceado essa troca de nomes. Voltei ao diário depois de ela ter negado pela terceira vez que Gaia era eu e que Gloria tinha morrido e eu ter começado a duvidar da minha capacidade de lembrar. Faz tempo eu mantenho a confiança em mim mesma em um estado suspenso, dubitativo. Observo a minha mente como se estivesse por trás dela, acompanhando os movimentos que ela faz como se fosse um ente separado do meu corpo. Se uma lembrança vem em forma de imagem, tento associar a uma imagem imaginada anteriormente. Pode ter saído do reservatório dos fatos acontecidos ou sonhados. Às vezes costurados uns aos outros. Outras, preenchidos com retalhos de sentido. Mas quando falta o pedaço. Quando escapa a certeza. Quando isso, o eu por trás da mente se antecipa e se revolta, procurando saber. Querendo segurar a imagem que ainda não se formou e descobri-la da sua névoa de incerteza. Só para saber. Só para poder me lembrar por algum tempo, até esquecer e tentar lembrar de novo.

Foi bem no começo deste ano. O primeiro domingo, a primeira pizza do ano novo. Como decisão tola, decidi tirar a dúvida, que nem era grande, mas existia. Vi a chance. Estavam lá na casa da minha mãe meus irmãos com os filhos e muitas conversas paralelas. Fui direto à velha cômoda que também guarda nossos álbuns de bebê, era esse o assunto, entre outros, como o sabor da pizza. Tinha de estar lá. Estava. Achei fácil. A estética única da capa desse diário, que imitava pelo de vaca em tons de marrom e branco. Ao segurá-lo na mão, no entanto, percebi algo diferente. Logo imaginei que fosse outro caderno. Mas como assim, dois assim, iguais? Abri e reconheci a letra da minha mãe, aquela mesma que eu sempre identifiquei, arredondada porém firme, terminando as letras sempre com uma estaca, tão reta e vertical quanto as letras altas, um autor no domínio de suas emoções. Ainda não entendia a sensação estranha de segurar aquele caderno na mão. Estava mole e magro. As páginas iniciais do nosso primeiro mês haviam sido rasgadas. Perguntei, no meio da sala, mas cadê o resto? Silêncio. Minha mãe disse que rasgou, sim, algumas páginas em um acesso de fúria quando se separou do meu pai.

Mas mãe. Vocês se separaram quando eu tinha dez anos. Foi aquela reunião de emergência. Meu pai até foi me buscar na escola, estranhei. Quando chegamos, vocês todos já estavam na sala, esperando por nós. Ele soltou minha mão e se sentou do seu lado. E tudo o que vocês falaram a gente já sabia, mas pareci assombrada, chorei com você. Só nós duas choramos, você não lembra? Naquele Natal, pedi que voltassem a morar juntos. Escrevi a mesma coisa para cada um, depositei os cartões em envelopes diferentes. Para cada um, uma decoração diferente. No seu, colei pérolas de plástico e botões coloridos. Eu tinha dez anos. Não começa.

Fiquei muda, com o caderno chocho na mão. Senti que não existia. Que *eu* não existia. Margherita, alguém disse.

Como vou esquecer, mãe, se vocês voltaram a viver juntos e eu achava que tinha conseguido: meu pai voltou para casa, eu deixei de dormir no seu quarto para ele voltar

Não é possível esquecer o efeito mágico de uma carta guardada em um envelope decorado com pérolas e botões. Calabresa, tanto faz.

Como não vou me lembrar, mãe, se depois vieram brigas mudas entre vocês dois, indiferenças, um saindo sem o outro se despedir, se voltei a dormir no seu quarto, se aprendi o nome da Nara, se vi a Nara chegando aos poucos, primeiro como amiga, depois como namorada do meu pai, e você chorando na cama, dando abrigo àquilo que foi sua primeira crise de nervos, uma nevralgia no trigêmeo, era assim mesmo que se chamava.

Continuei muda. Meio a meio.

Com as páginas rasgadas, fiquei sem a minha prova sobre a troca dos nomes e meu nome primordial, a Gaia que fui e que deixei de ser, e assim entendo que essa parte da minha história não venha a ser verossímil para os outros, para mais ninguém. Não importa. Ficou como um segredo dentro de outro. Também não importa procurar entender as razões da minha mãe. Nas minhas eu me demoro tanto, um tanto suficiente como para suspender as demais dúvidas e ficar só nas que reverberam, dentro. Fui uma parte de duas quando nasci. De uma morte, renasci, virei uma, virei eu, mas via a outra no espelho, e não sabia que era outra, mas eu mesma. Sofri a vida toda solidões que não sabia e que não eram as minhas. Eu, que era Gaia, virei Gloria quando Gloria parou de respirar, o meu coração parando junto. Há tantos anos entendi que morri uma vez. O caixãozinho branco levou meu nome, virou pó, que se misturou ao pó da minha tia-avó Mimi, do caixão logo abaixo em que o meu se apoiava no jazigo da família do meu pai. Depois de morrer, nem consegui ficar inteira. E agora isto, de não poder ser mais, ser outra, seguir, a sequência de mitoses sucessivas interrompida, a notícia que não dou, o trago seco.

— Vim buscar umas coisas nas minhas caixas — eu digo, e não me assombro com o fato de minha mãe não querer saber o que era nem para quê, e que continuasse perguntando se eu queria algo, uma coca zero, um licorzinho, um pedaço de chocolate com passas, uma fatia do bolo que a vizinha trouxe e ela já está boa e olha só que notícia a menina do andar de baixo voltou a ter problemas com o marido e a moça do de cima também foi demitida e parece que agora vai fazer um curso de coaching, será que você não se interessaria?

Vou até meu antigo quarto, que ocupei só depois de minha irmã mais velha ter se casado, e que até hoje mantém a minha cama de solteira, minha escrivaninha, meu criado-mudo, e sinto ali um conforto estranho, um lugar que ganha usos-curinga, um hóspede, uma *siesta*, uma bagunça de netos, um amontoado de roupas para passar. Fui a última a sair da casa de minha mãe e ainda sinto estranhamente que o espaço me pertence, onde durmo sem me incomodar com a cama apertada e o colchão velho, o lençol que pinica. Sigo direto para a caixa de bilhetes que eu guardo ali ainda no criado-mudo. Entre recortes e envelopes, encontro rapidamente o que procuro: uma indicação de letras e números escritos num papelzinho, amarrado a um molho de chaves pesado, que guardo na bolsa.

— ... e a minha amiga do curso das quintas, encontrei com ela ontem, e ela me disse que vai fazer de novo aquele cruzeiro pelo rio Amazonas, você deveria ir também, vai estar aquele autor de que você gosta, você não quer me fazer companhia?

Eu enxergo a ternura, percebo a tentativa do contato, mas ainda queria um colo, simplesmente um colo, impossível de existir. Eu só queria um quarto branco.

— *Duerme, duerme, negrito, que tu mama 'tá en el campo, negrito.*
    O som preenchendo o espaço vazio mantendo-o vazio; ainda não era isso. Talvez um lugar em que se suspendessem seres invisíveis por fios invisíveis, espalhados como talco antes de cair no chão. Vazios e recheios caberiam nesse quarto, em um silêncio perfeito onde tudo poderia ficar em paz. Eu tinha pedido ao Sandor: um espaço assim, você dá para mim? Ele falou que dava; eu achei que ele tinha me entendido. E foi assim, um achando que o outro tinha entendido, os dois nos enxergando no mesmo desejo, que começamos a viver juntos: primeiro encontrando a casa, a casa dos dois, a casa para os dois. Uma casa que pareceu bonita e pela qual os dois poderíamos pagar, dividindo o aluguel. Uma casa com espaço para plantas na entrada e um quintal pequeno nos fundos, úmido mas bonito, especialmente à noite, quando duas luminárias entre as plantas provocavam um efeito lindo nos janelões da sala. Uma casa de dois andares, unidos por uma escada de onde saía uma claraboia pela qual se via a lua quando havia lua. Uma casa de vila, quase escondida. Eu levava a minha vida; ele deixava a vida dele nas minhas mãos. Com uma bagagem que precisou ser transportada em trinta viagens de carro, nós levamos dois mundos.
    Vigias em suas guaritas de segurança eram os únicos a habitar de fato as ruas daquele bairro: faziam delas sua própria morada diurna ou noturna, ora com fogueiras improvisadas nas

noites mais frias, ora com cadeirinhas arrastadas até a sombra de uma árvore nas horas de sol alto. Sofás de forro rasgado e caixotes faziam as vezes de sala de estar desses donos da rua, acompanhados de cães viralatando e garrafas térmicas de café. Eram os bons-dias e boas-tardes e boas-noites dos vizinhos mais do que vizinhos, eram os olhares longos que acompanham os carros passando, eram eles os invisíveis donos da rua. Morávamos em um bairro deserto das portas para fora, que não ganhou vida nem quando tentamos ser mais do que dois.

O segundo quarto ficou para sempre sem uso: não chegou a ser nada. O soquete pelado e os fios pendurados da lâmpada incandescente. Caixas nunca abertas. Um arremedo de poltrona improvisado com almofadas velhas. Tomadas sem espelho. As paredes sem cor. Nunca chegou a ser nem branco, nem colorido, nem de visita. Eu fingia às vezes que era meu espaço de silêncio, abria os janelões de madeira e gostava de ver a luz entrar, as sombras arredondadas das grades rendilhadas de ferro fazendo sombra nos tacos do piso, às vezes o tecido das folhas da pitangueira, o emaranhado dos fios de alta tensão do poste de luz. Sabia sentar naquele chão e olhar para fora, silêncio sempre interrompido pela falta de acabamento das coisas: sem uso, sem serventia, sem lógica, sem cuidado. Um quarto que falava muitas línguas, onde muitas vozes eram ouvidas, onde era impossível estar sem sentir a falta de todas as coisas que faltam.

A única experiência minha de casa, além dessa, foi Toujours. Teve, claro, a casa onde nasci, feita de peças soltas que remonto em um quebra-cabeça que sempre se parece com as fotos desbotadas que sobraram do lugar, poucas. Mas falo de casa mesmo, sem elevador, com porta à altura do chão, com teto apontando para o céu sem obstáculos. Um lugar assim, habitado. Toujours é o nome do *chalet* onde passei parte da minha adolescência e toda a infância, em Punta del Este, onde as casas recebem o título de *chalet*. Eram longos períodos de três meses, correspondentes ao verão — a única estação do ano no aumentativo, essa estação que poderia durar quatro, se dependesse de mim. Todo verão eu aterrissava no chalé que nada se parecia com um chalé, mas com uma casa até que imponente no balneário que não tinha cem anos ainda, de bairros ainda por batizar. Aquele se chamava California Park, nome dado pelo meu avô materno enquanto a casa era construída nos anos 1950. Toujours foi uma das primeiras casas daquele pedaço da Playa Mansa. Para mim, aquela foi minha casa mais do que todas as outras.

As ruas eram de terra e cascalho e adornadas por eucaliptos não autóctones mas perenes. Eu gostava dos eucaliptos e colhia deles folhas aos montes, mais do que cabiam nas minhas mãos pequenas, quando era pequena, e fervia as folhas numa caldeirinha amassada e esperava esfriar e delas imaginava que fosse sair o melhor perfume do mundo. Um perfume de eucalipto. Desde cedo aprendi o que era ser autóctone e perene, um sim e outro não, ou vice-versa. Sentia alegria de ter nascido naquele país diferente, e o sentimento me autorizava a andar de bicicleta em zigue-zague pelas ruas sem asfalto, a colecionar nomes de casas, a falar bom-dia aos senhores que regavam seus jardins gramados, a ir ao armazém, Lo de Anita, com uma moeda gorda e sair de lá com uma troca que parecia sobrenatural, um punhado de balinhas, uma barra dupla de chocolate, algo, no silêncio da *siesta* e no calor esturricado. Tinha conquistado meu direito sobre cada pedra de cascalho: aprendera a andar sobre duas rodas em verões passados, cada ano conquistando páreos, até conseguir abandonar as duas rodinhas laterais, não sem ter perdido os dois dentes da frente, um de cada vez, em algumas quedas e fugas cinematográficas. Foi escapando de uma batalha campal com os meninos da quadra de baixo, a um quarteirão do mar, que vi a última rodinha cair e não tive tempo nem de pensar. Pedras voavam, cachorros latiam e rodavam as patas atrás de mim, e me vi aprendendo a pedalar sozinha no susto, na corrida. Senti o ruim virando bom, a crueldade dos moleques virando razão para finalmente aprender o que parecia que não viria nunca. Bem diferente foi quando a correia enroscou, a roda travou e junto foi o tornozelo no aro, a bicicleta ao chão e o fusca azul parado esperando a passagem. Eu quase fui atropelada pela primeira vez, mas um quase que não foi nada, para depois, já aos sete anos, passar pela experiência de ser abatida numa rua movimentada de São Paulo, ter o pé esmagado pelo pneu da Brasília branca e a cabeça quicando no chão como uma bola de basquete, o grito do meu irmão ecoando sozinho quando as nossas mãos se soltaram:

— Não vaaaai! — parando os carros, os pedestres, o ar.

Eu gostava de andar de mãos dadas mas também de passear só. Na infância, era de bici. Eu falo "bici" e capricho no som dos is, percebendo que atrás deles vem o "cleta", como que rodando as mesmas rodas, puxado por elas, e ainda carregando o circunflexo de biciclêta, que é meu jeito de pensar com sotaque, que é para nunca mais esquecer minha língua materna. Do alto de minha bici, sentia o cheiro de eucalipto a um palmo do nariz, para cima, fazendo-me levantar o rosto e cheirar o vento que balançava meus cabelinhos castanhos e enrolados para fora do elástico do rabo de cavalo.

Quando não me lançava aos meus passeios solitários pelas quadras em que se perfilavam Joux-Joux, Itsare, Jai-Alai, Marirá, El Trébol, Madreselva, Ondine e outros sonoros e enigmáticos nomes de outros chalés que enfeitavam as ruas alaranjadas, eu gostava mesmo era de *hacer los mandados* com a minha avó, que não autorizava ser chamada de vó, por vaidade: Tita era a forma que valia, a autorizada. A versão abreviada do seu nome veio da minha irmã mais velha quando aprendeu a falar, naquela casa, Toujours sendo berço de primos por pelo menos três gerações.

Então era acordar cedo e receber a importante incumbência de acompanhar minha avó nas compras do dia: *a baguette* gorda de pão, se fosse fina se chamava flauta, as verduras frescas, a carne do almoço, a fruta para a sobremesa. Invariavelmente haveria pêssegos e ameixas, que se comiam apenas lavados, às dentadas, a alegria em forma de fruta comida e cheirada, e ainda não sei qual das duas sensações era a mais gostosa. Damascos eram coisa fina, que ela sabia apreciar como ninguém: a suavidade da casca, a sutileza do sabor discretamente doce da polpa, o caroço que se cuspia seco, sem fios. Meu avô, que estava ficando surdo à medida que se aproximava da velhice, era muito cioso de suas posses, e distribuía quadradinhos de chocolate aos netos só depois do almoço, um ou dois: barras nos sabores ao leite, amargo ou, o seu preferido, com castanhas-de-caju; barras que vinham junto a goiabadas, marmeladas e outros quitutes do Chuí, e que deviam durar cada um pelo menos o tempo da próxima viagem até a fronteira, a cada mudança de estação.

Eu degustava devagar o pedaço de chocolate que me era devido, a porção de generosidade que me cabia, deixando-a derreter no céu da boca, meu corpo deitado e mudo, uma das folhas da janela fechada, o sol da tarde entrando ainda semialto pelas frestas da veneziana de madeira, o silêncio de Toujours depois do almoço, apenas o barulho dos pratos terminando de ser lavados por Yanina, a empregada, que tinha a mesma idade da minha irmã, era minha amiga e confidente e a quem todos fingiam não tratar como empregada — mas era ela quem lavava os pratos e atendia à campainha da mesa ao final de cada etapa das refeições. Uma campainha elétrica que substituiu o sino de bronze. Eu penso em Yanina, e Yanina funciona como um gatilho da memória daqueles verões, que voltam como se eu estivessse neles.

Anos mais tarde Yanina se casou com um amigo de um dos meus tios, em um romance iniciado com uma troca de olhares entre a sobremesa e o café, enquanto ela servia e ele era servido, um romance romântico não por isso perfeito nem desejável, mas um amor bom, que aconteceu em segredo e depois saiu batendo portas, rolando pela colina, matando as velhas de espanto e os velhos de inveja, ou vice-versa. Era uma história escandalosa para os padrões da minha família, mas que rapidamente se converteu em um conto de fadas. De um extremo a outro se reforçavam as lendas, quando ninguém se atrevia muito a falar das coisas como eram, mas sim de como pareciam ser, deveriam ser, poderiam ser. Ser era verbo que não vinha sozinho. O que você quer ser? O que você não pode ser! O que você vai ser. Nada só era, embora tudo fosse e sempre fora. Mas, olhando para o meu choro, esse de hoje, esse do oco, ser era nada, ser era quase não ser. Como se ser não fosse possível e a morte aparecesse clara como a lua de uma noite com lua: ali, alta, vendo, sendo, fim.

Na quina da sala de estar em Toujours havia um relógio de carrilhão vertical, o único móvel que não se encostava nas paredes nem formava com elas um ângulo reto. Ao lado da lareira de pedras, alto, com os pêndulos em bronze, pesados, marcando segundos, e grife do relojoeiro marcada no vidro — sobrenome francês, o mesmo do lado francês desta parte da família. A cada quinze minutos, as badaladas imitavam o som da melodia famosa nascida numa igreja em Cambridge mas que todos conhecem por ser o canto do Big Ben: sol sustenido, fá sustenido, mi, si, a cada quarto de hora. Um pouco mais comprida, às meias horas: si, sol sustenido, fá sustenido, mi. Outro pouco mais comprida faltando quinze minutos para as horas cheias. Até que vinham as badaladas, uma para cada hora: mi, mi, mi, mi — o mi grave, o mi de metal, repetindo no tempo e no espaço suas trezentas e trinta vibrações por segundo. Quando dava meio-dia ou meia-noite, não importasse onde o sol estivesse, era bom ouvir o rearranjar dos pesos e das correntes, como caminhões de tempo sendo carregados e descarregados para depois se recarregarem de novo.

Eventos comezinhos aconteciam ali entre um almoço e outro, o planeta dando suas voltas diárias em torno de si mesmo em seu longo trajeto em volta do sol: a árvore miúda dava uma sombra pequena e suficiente, a roseira dava rosas. Dentro de potes de maionese vazios e limpos virados ao contrário, brotavam jasmins, e as luvas sujas de Yanina tiravam a terra entre as folhas como quem penteia uma criança. Antes de todos se levantarem dos seus lugares após o almoço, era eu quem saía correndo para passar a mão nos arbustos e buscar as folhas de erva-cidreira frescas do jardim: atravessando o pátio da garagem, correndo para a pequena colina do lado, escapando do sol, pulando entre as sombras. Puxava galhos inteiros, os que estivessem mais salientes, os que, eu imaginava, não fariam falta ao pequeno arbusto fazedor de chá. De volta à mesa, repartia as pequenas porções de frescor entre Tita e eu mesma: a xícara de chá fervente já servida por Yanina, a água tingindo-se de um verde cor de verde-cidreira, porque era assim que as cores nasciam, a partir das coisas.

Enquanto soprava o chá para sorver meu primeiro gole logo, minha avó aguardava, mexendo a colher em ritmo constante e circular, o tilintar dessa colher nas beiradas da xícara de porcelana eram as minhas badaladas preferidas: todos se levantando, minha avó e eu no ritual da espera da hora certa, o meu avô recolhendo as migalhas do pão que sobravam, partindo as cascas de queijo em pedacinhos e levando tudo em um prato para os pássaros, chamados com um assobio que imitava o canto dos bem-te-vis. Muito ainda por fazer sobre a mesa, muito mais para Yanina, e eu querendo ajudá-la com os pratos, e ela fazendo tudo com calma, sabendo que uma hora Roberto chegaria e que logo seu lugar seria reconfigurado na família, que estava imensa ali só porque era verão, mas que já no outono voltaria à forma de três, ela cuidando dos velhos que diziam amá-la — mas era ela quem cuidava deles. E um ficando surdo, e as duas mulheres ficando sós — os invernos podiam ser muito cruéis na casa em cima da colina longe dos outros, silenciosamente distantes, e o vento rajando janelas, e quiçá a única visita fosse a do carteiro. Sempre o mesmo, com cartas da minha mãe, que escrevia para Tita pelo menos a cada quinze dias contando como era morar no novo país, como era a vida no exílio, palavra que não se usava mas que se sentia dentro, as dificuldades passando e voltando, essa conversa com a mãe que era tanto mais fluida quanto mais era escrita, até capítulos de telenovela eram narrados e enviados pelo correio, por episódios. Uma contava a história para a outra no ponto em que a outra tinha deixado de assistir, num ritual que durava pelo menos um mês desde o último encontro em algum dos dois países. As novelas brasileiras suspendiam o interesse por mais tempo; já as mexicanas, que passavam à tarde duas vezes por semana, perdiam o fôlego antes.

O casamento de Yanina e Roberto aconteceu durante um dia no começo de primavera em um pátio externo de uma antiga bodega já fora de operação. Um pequeno espaço ladeado pelas paredes de velhos galpões, semicoberto por parreiras em flor que ainda escalavam estruturas de metal. Os bancos de madeira estavam sobre o chão de pedras; ao fundo, a *chuppah*, o altar hebraico. Roberto aguardava por ela coberto por seu xale de orações, o *talit*. Foi uma dessas poucas circunstâncias em que estive com Yanina em outra estação que não fosse o verão.

Ela entrou de braços dados com meu avô, na falta de pai, de tio, de algum parente que tivesse se incomodado em vir do interior para essa cerimônia íntima. Meu avô, que não era judeu como Roberto, saiu desequilibrado ao terminar o caminho, sem saber direito onde se colocar. Já ela parecia saber exatamente o traçado: sete voltas em torno do noivo, como dita o ritual que ela tinha aprendido rigorosamente durante o curso de conversão ao judaísmo. Sobre sua cabeça, um véu de renda de quase cinco metros, que Roberto recolheu do chão para cobrir o rosto dela antes de se iniciar a fala do rabino. Yanina estava embaixo daquele véu quando o sol se pôs e as cores começaram a se modificar, tudo calculado para criar a atmosfera perfeita. Algumas vezes ela espremia os olhos desviando dos reflexos mais intensos, que só se suavizaram quando o rabino falou que a *chuppah* simbolizava um teto protetor, e que, na falta de um teto, o *talit* poderia proteger os dois de todos os problemas do mundo. Seguindo o movimento sutil das duas cabeças embaixo do manto, sabia que ambos riam. E assim de leve foi se construindo minha visão de casamento: a suavidade que sempre procurei, de me sentir encoberta por um tecido fino e translúcido, como um lençol puxado sob a luz do abajur, e embaixo do lençol dois corpos nus cansados de felicidade.

Roberto e Yanina tiveram gêmeos e se mudaram para um país onde neva.

E o que eu estou fazendo agora?

Saio da casa da minha mãe, tomo chuva, pego um metrô, mais outro, e chego ao hospital ensopada pontualmente às oito da noite para render minha irmã na companhia ao velho, em seu vigésimo dia de hospital. No banheiro, tiro as roupas e as penduro no suporte da cortina da ducha, visto o pijama. Seco os pés com papel-toalha, passo álcool gel, visto meias secas. Chega o lanche da noite: chá com três saquinhos de açúcar, torradas salgadas com geleia de morango, iogurte, que eu tomo; o resto ajudo a servir ao meu pai.

— Fiz um exame chato, pai.

— E que que deu? — meu rosto querendo ser dor, mas se contentando com uma expressão de enfado, mais fácil de expressar.

— Deu que acabou, pai. Que não vou poder te dar um neto.

— E você acha que isso me preocupa?

Vestido com uma camisolinha de hospital, ele se *acurruca* de lado na cama, às vezes com uma perna pendendo para fora da grade de metal. Alguns muxoxos, gemidos — não sei decifrar o conteúdo dos sons. Parece não caber naquela cama, que justamente já havia sido trocada uma vez no turno anterior de enfermeiros. Levanta-se uma vez: senta-se na beirada, apoia os pés no chão e toma impulso para se deitar novamente, um pouco mais para cima.

Meu pai está usando a máscara de inalação folgada sobre o rosto. O pé direito tem um curativo que cobre as feridas da pele, uma coceira que virou outra coisa. Agora ele aperta os botões do controle da cama, enquanto faz que vai contar algo, afrouxando ainda mais a máscara que já estava meio mal dependurada:

— Quando fui operado de apendicite, no dia 10 de agosto de 1945, as camas tinham manivelas, e os meninos viviam *rompiendo las pelotas* subindo e abaixando a minha cama.

Segura o jornal com a mão direita e com a esquerda coça a cabeça. Tosse. Fala.

— Aaah, *gorda*, aumenta o volume.

No radinho de pilha sobre o criado-mudo, toca *Reflexos sobre a água*, um poema dançante de Debussy, os dedos do pianista acariciando melodias que se dissolviam no final dos compassos. Jamais saberia reconhecer qualquer compositor não fosse ele me ensinando a ouvir o som de cada um, não fosse minha avó Inocencia me acordando das *siestas* com essas melodias dançantes ao piano, não fossem as manhãs de domingo ouvindo a rádio Cultura e disputando com meu pai o conhecimento do compositor, todas essas mãos.

— *Estoy podrido!*

A programação musical do rádio emenda com uma sonata de Chopin. A *Polonaise* em lá maior, enérgica e vibrante.

— *Sabés una cosa... Estoy podrido.*

— Eita.
Desligo o radinho de pilha que chia e me encosto um pouco mais na poltrona do acompanhante, quase fechando os olhos.
— Não te falei uma coisa...
— O quê?
— *Que estoy podrido.*
Ele se vira de lado, cobre os olhos com uma toalhinha.
— Ah, esqueci de te dizer...
— O que te deixaria feliz?
— Sair daqui.
— E enquanto isso não acontece?
— Que *você* fique feliz.
Agora ele sobe e desce a Paramount Bed mexendo nos doze botões de regulagem de posição até chegar à boa para dormir. Tem a toalha sobre os olhos, a testa e o nariz. Adormece enquanto eu não durmo. Vou até o banheiro e recolho do bolso da calça molhada o amassado de papel amarrado numa chave pesada: preciso voltar para o Uruguai. Faz muito já.

Com as luzes do quarto apagadas, apenas a réstia de luz do corredor sob a porta, escrevo para o Sandor na mensagem do celular: está tudo bem. Ele responde: aqui também. Uma penumbra verde-clara. Rodinhas passando. A cama dura e a dificuldade em dormir.

Às vezes me lembro da minha outra parte, da Gaia que foi embora, sei que ela teria sido loira com cachos frouxos, sei que riríamos, nos entenderíamos nas dores e no silêncio, nos adivinharíamos as frases, pentearíamos nossos cabelos, nos odiaríamos. Por três ou quatro vezes, já me se senti visitada por ela: quando um colar pendurado na maçaneta se partiu espalhando dezenas de miçangas vermelhas ao pé da porta, ela estava prestes a me dizer algo que nunca consegui ouvir. Em outro dia, enquanto dormitava na rede de uma casa de praia no primeiro dia de um outro ano novo qualquer, vi chegar um presente amarrado com um bilhete flutuando em um riacho que percorria os ambientes da casa: ao chegar às minhas mãos, enquanto abria o papel e a tinta das letras ainda não havia se apagado, e saberia o que ela tinha a me dizer, me chamaram para o almoço e acordei. Depois soube que, naquele mesmo momento, minha mãe se ajoelhava diante do túmulo da outra gêmea em Montevidéu pedindo que ela iluminasse o meu caminho — palavras dela. Eu então estava triste e perdida, como todos um dia ficam ou podem vir a ficar, e depois desficam e se encontram.

Finalmente nunca soube o que minha irmã tinha escrito para mim. Talvez por isso procurasse a letra dela em todos os pedaços de papel. O que Gaia teria a me dizer?

Esse que eu seguro agora nas mãos tem a letra da minha mãe presa pela argola do chaveiro: "Reconquista", o a terminando não em curva, mas em estaca, e mais um outro papelito amassado. Essas chaves pertencem a todos mas sou eu a única que as usa, sob o compromisso de voltar a deixá-las em um lugar neutro, deixando sempre a disponibilidade igual para todos. Nem precisa. A única que consegue ir a Montevidéu de vez em quando sou eu, às vezes com meu pai, outras com ele e a Nara, a mulher dele, muitas vezes levando junto algum sobrinho. Já usei muito a Reconquista para temporadas de lua de mel com alguns namorados mesmo antes do Sandor. Reconquista é um lugar que sempre foi meu.

Fico em silêncio fitando o fio de luz verde sob a porta do quarto do hospital, intranquila com os sons que vêm da cama do meu pai: uns murmúrios, um sono agitado. Sinto vontade de falar de Gaia com ele: ela pesava pouco, ela pesava mais, ela era engraçadinha, ela se parecia comigo, eu tinha mesmo o nome dela? Não vem com essa, sua mãe estava confusa, não me lembro, abaixa o rádio, eu te contei que sua mãe, assim que vocês nasceram, ouvia barulhos à noite e não conseguia dormir? Me fez andar pela laje da casa uma e outra vez, dizia que havia ratos. Havia ratos, sim, um dia descobriram no forro do teto. Foi difícil para ela, claro que para mim também, mas para que pensar nisso agora, para que pensar demais.

    Eu não conseguia nunca entrar nas lembranças do meu pai, no agora dele segurando minha irmã no colo, se é que segurou, claro que segurou. Eu perguntava: como ela era, eu preciso saber. E ele me dizia: você é minha filha mais uruguaia, nem sei como conseguimos. Seus olhos são como cuspida de mate.

    Me levanto uma e outra vez, faço um carinho no ombro dele, ele se encolhe e dorme, e assim vamos até o turno do primeiro enfermeiro, saltitante, um primeiro raio de sol, uma aurora em pessoa. A alta já é esperada para esta tarde, a Nara vem buscar. Saio feliz do quarto, logo do hospital, com meu cafezinho para viagem e um pão de queijo embalado em um papel morno.

— Vocês se parecem — diz Teresa, enquanto desabotoa os botões da camisola para dar de mamar ao Tom, de apenas dois meses. Estou do lado dela, acariciando os pezinhos do pequeno e contando do meu pai no hospital. Como ela mora perto do metrô, fica fácil visitá-la na volta. — Vocês têm essa coisa de ser do Uruguai, de olhar longe quando falam de lá. Tom vira a cabeça para mim quando eu respondo e ele escuta uma voz que não é a da mãe dele, vira-se profundamente interessado em saber de onde vem essa outra voz, o peito de Teresa explodindo em leite e preenchendo toda a boca do Tom, que me olha e deixa escapar o mamilo escorregadio, abre o que parece ser um sorrisinho, eu me derreto e ele volta a botar tudo aquilo para dentro, com pressa e voracidade. Teresa fez questão de dizer quando Tom nasceu: olha, esse aqui é meu, mas também é nosso, do mundo. — Vai lá na cozinha e pega um copo d'água? Amamentar me dá sede. Tem café, tem banana, não fica sem comer. Você emagreceu muito.

Ver Tom a cada semana é a única concessão que faço à multidão de mães ao meu redor: todas as amigas, as amigas das amigas, a vizinhança que engravida e empurra carrinhos de bebê na praça, no parque, na calçada: eu não posso. Eu não posso lidar com isso agora. Mas com Tom eu posso, ele veio quase sem Teresa querer, numa noite de loucura no centro da cidade, uma festa no mezanino do Copan: Teresa sabia que aquele encontro não ia ser em vão, algo nela avisou: vai vir de novo. Teresa tinha passado pelo mesmo que eu. Teresa tinha sobrevivido, bem até, e depois veio o Tom. Teresa sabia tudo e uma tarde almoçando no Viena do Conjunto Nacional me contou: eu também passei por isso.

Saio do banho limpa, visto um pijama limpo e me deito enquanto Sandor lê para mim uma fábula infantil de Oscar Wilde, *O rouxinol e a rosa*, em inglês, fazendo massagens em meus pés. Amarro o saco de lixo pesado com um nó bem forte e o levo até a lixeira na entrada da vila enquanto ele tira as manchas de sangue do colchão e atabalhoadamente joga lençóis e toalhas e as roupas e os panos na máquina de lavar com sabão em pó demais. De três em três minutos, as contrações parecem me rasgar em duas e, dobrada, recebo a mão dele nas costas, acariciando, dividindo a dor, sendo um comigo, a voz sempre calma, dizendo agora vai, é assim mesmo, mais uma vez, palavras que eu entendo como de alento e nunca de desespero, e quando passa ele ri um pouco, do possível que era rir, mas eu acho aquele riso bom, o riso de tudo o que passa. Os três minutos do riso são eternos momentos de conforto: o descanso, o corpo podendo ser apenas corpo esticado na cama. No instante em que recomeça, sai de mim um jorro de sangue tão grande que parece um rasgo numa bolsa cheia de tinta vermelha, apenas saindo. Tão rápido quanto inesperado, e eu consigo me levantar e ele vai comigo até o banheiro, e lá se termina de fazer o que começava a ter sido feito, o lixinho do banheiro se enchendo de papéis densos, vermelhos e pesados, e em uma dessas vezes eu vejo, o que não tinha forma ainda e era quase uma ideia abstrata, o amor em forma de ideia e coisa concreta, que chamamos de grão, depois de arroz, depois de coisinha. Vejo a forma do que não tinha forma ainda e volto culpada para a cama. Eu dei descarga, eu disse, eu dei descarga. Ele ouve o mais absurdo dos absurdos, ri e diz que não era nada, não era nada, vai passar, eu sei, eu sei, shhh. E então mais três minutos de paz, de paz. Os três minutos viram cinco, que viram dez, que viram meia hora, até que eu me vejo no banheiro de um shopping de luxo onde tínhamos ido ler e tomar café e ficar juntos e passear de mãos dadas, e saio dizendo a ele eu acho que chegou a hora e é melhor a gente ir para casa. Antes o café chega cremoso com um desenho em forma de coração. Ele tira uma foto de mim rindo, tem algo de felicidade nessa tarde livre e os dois nos sofás de couro carregando livros para passear. Eu carrego um filho morto mas sinto imenso amor por ele — embora não tenha nenhuma fantasia de que poderia ser diferente, de que o morto deixaria de estar morto apenas porque estou aqui lhe dando comida, ar, amor. Eu carrego o filho morto, mas morto diz muito menos para mim do que filho. Então espero docemente aquele tempo em que o corpo pede para fazer o que devia. Conselho médico: toma o tempo do corpo. Nós aceitamos, achamos que ia ser melhor assim. Ainda fomos para lá ouvir o coraçãozinho bater, mas não ouvimos nada, e por um momento achamos que era o filhinho brincando de esconde-esconde. Sorrimos para o médico de laboratório que disse o que teremos hoje, afinal. Era o filho brincando de não bater o coração, e agora que tamanho será que ele tem, enquanto eu enjoo e fico com o rosto ainda mais redondo, e me sento na escada e Sandor tirou uma foto minha nesse dia em que eu passeava pela casa de pijama rindo porque tinha aqui dentro coisa mais importante a fazer. E por aqueles dias nos sentimos cheios e graves, leves e importantes. Sandor jogava sinuca quando liguei e disse a ele que ele seria pai e ele repetia pai, pai, meu filho. Faço certa cerimônia antes do xixi do exame, olho pela janela e penso que aquele era apenas um dia normal, mas deixa eu olhar direito porque vai que não é. Era o Dia dos Namorados, a gente não liga muito, mas eu não sou a gente e ligava. Fiz jantar especial, acendi vela, servi vinho. Sandor fica meio confuso quando tem luz de vela, não enxerga direito e parece ficar ainda mais daltônico, mas a confusão se juntou ao vinho tinto, e acabamos no tapete da sala nos misturando para sempre.

Com Teresa tinha sido igual mas diferente. Agora existia o pequeno Tom, que eu acaricio com ternura antes de me despedir deles — além do bebê, Teresa tem dois gatos que a acompanham desde sua mudança para São Paulo, quando decidiu que mudaria o sobrenome, deixaria os cabelos sempre bem curtos e inventaria um passado diferente para si. Não consigo puxar nenhum assunto grave nem enquanto me despeço e tento encerrar os assuntos. Não existe assunto grave em coexistência com a presença de Tom. Nada importa mais diante do sorriso de suas gengivas e de minha amiga livre envolta pela bolha de leite e amor. — As coisas vão voltar a ficar bem, ela me diz. — Eu sei. Eu sei.

Sandor e eu vivemos hoje no meu pequeno apartamento. Saímos daquela casa da claraboia porque o aluguel tinha ficado caro demais quando eu perdi o emprego, nós perdemos o filho, ele perdeu a paz e todos os demais sonhos tinham desaparecido. Agora tentamos fazer deste lugar que era meu um lugar nosso, misturando os quadros dele aos meus, as pilhas de papel dele às minhas, encostando-nos na hora de passar o jornal um para o outro ou de lavar e secar a louça. Como se o tempo não passasse porque só acontece o neste momento. É uma nova forma de viver, escolhida por nós depois de termos nos destruído mutuamente: um anulado o outro, um agredido o outro, o amor tomando formas de perdão e esperança, essa estranha forma de fé que os dois compartilhamos, esse pacto da escolha e da companhia, e o par de sapatinhos brancos ainda guardado na cristaleira, única coisa que fala pelo nosso filho, que não chegou a nascer nem a morrer, porque não chegou a ser mesmo tendo sido, mas chegou a ter e receber todo o amor que um filho recebe pelo tempo do sempre. Muito embora um tivesse segurado a mão do outro enquanto o nosso filhinho nascia às avessas, depois nós nos soltamos as mãos por muito tempo, e agora fazíamos as contas das chegadas, segurando o fôlego para atravessar a piscina sem ar: chegamos até aqui, agora vamos até ali, sobe um pouco para respirar.

E, no meio, eu sonho. Como todos aqueles que escovam os dentes, põem ou tiram pijamas, deitam-se e levantam-se e entrelaçam as pernas nas do outro ou abraçam travesseiros, eu também me deixo levar pelos rituais da noite, satisfeita, aliás, por perceber que uma gelatina invisível me une aos demais seres do planeta, respeitados naturalmente seus fusos horários e suas eventuais insônias. Como a de todos, portanto, a minha mente passeia pelas noites recompondo os dias, iluminando as dores, explicando os acontecimentos que vão sendo marcados em minha pele, as rugas, as cicatrizes. Sinto certo afeto pelas marcas: não ligo quando o copo suado deixa rastros no tampo de madeira da mesa, não me importo com objetos que se quebram um pouco mas não deixam de funcionar. Quanto mais história as coisas têm, a falha, a marca, a ausência, tudo isso vive pela coisa. Vejo vida na falta de vida até, e certa noite quase enlouqueci porque os objetos começaram a falar comigo, narrando tudo o que lhes havia acontecido até chegarem àquele momento em que eram vistos por meus olhos: o bule que tinha sido presente da Luiza no dia do meu aniversário de trinta e poucos, e vinha do Japão mas tinha sido comprado na Liberdade, ao lado daquele restaurante de sushi onde ela me levava quando éramos as duas mais novas, justamente aquela vez em que ela me disse para levar um pedaço inteiro daquela massa verde à boca, e era wasabi, e Luiza riu de mim, e fui tomada pelo gosto novo, me afoguei e engoli quase meio litro de saquê; a casinha em miniatura que tinha vindo de longe, do bairro da luz vermelha de Amsterdam, e a coisinha era uma réplica em louça de um daqueles prédios estreitos onde mulheres se exibem e pessoas olham, e às vezes entram, e quem tinha dado era um amigo que sempre se lembrava de mim quando viajava, e daquela vez ele trouxe um girassol, e a casa estava tomada de amigos bêbados, e o girassol nas mãos dele se curvou, e naquela época ele ainda não bebia; a luminária que parecia um farolete de vidros coloridos e que pendia de um gancho do teto, de onde deveria estar pendurada uma samambaia ou uma renda-portuguesa como a que existia na casa do meu pai e da Nara, mas eu nem sei tratar de plantas direito e quem melhor sabe disso é minha árvore-da-felicidade, que tem um tronco só e poucas folhas, mas que não desistiu nem dá sinais de desistir. Quando tudo fala assim, quando de dentro das minhas dezenas de casas em miniatura começam a brotar sons e histórias, o melhor que sei fazer é nada: enfileirar as vozes em linhas de uma pauta imaginária, botar todas para silenciar e me enroscar nas pernas compridas de Sandor. E então vêm os sonhos, que muitas vezes anoto em papéis soltos, folhas de sulfite cortadas ao meio, e depois essas anotações tomam cadernetas junto a desenhos e esquemas na minha própria tradução polissensorial.

    Coleciono essas narrativas, que desfio demoradamente durante as sessões de análise que frequento todas as semanas, algumas vezes duas vezes, e me rendem assombros, estranhos: então essa moça descontrolada dirigindo sem freios e atropelando outra moça na beira da estrada... Então essas duas sou eu? Eu posso ser as duas ao mesmo tempo. Nesta noite, por exemplo, sonhei que perdi todos os dentes: algo da minha força que se vai. Pode ser um a um, sem dor, apenas amolecendo e caindo. Pode ser *sorpresivamente*: passando a língua e sentindo que faltam. Pode ser em arrancadas. Pode ser engasgando já com um molar que escorrega para a epiglote.

Com um certo incômodo, sinto que esses papéis um dia virarão meu testamento, uma herança para desconhecidos, filhos tortos, sobrinhos-filhos, que terão interesse por algum tempo, talvez apenas na hora da minha morte. Papéis que vão se desfazer sem necessariamente terem sido lidos.

Não é, de todo, uma sensação desagradável.

Todas as cartas que minha mãe e Tita trocaram ao longo de anos foram diligentemente guardadas por ambas, primeiro em gavetas, logo em feixes amarrados por elásticos, dentro de caixas, guardadas ao pé da cama, depois no alto dos armários. Quando Tita morreu, minha mãe e eu desmontamos o apartamento tão logo o corpo dela foi tirado de lá e levado ao velório — Tita morreu em sua própria cama, alimentando-se pouco e a cada dia menos, ainda com a aliança do meu avô sobre a aliança dela no anelar magro. Antes de iniciar o trabalho, nosso primeiro gesto, acordado num consentimento mudo, foi tirarmos o quadro em que ela aparecia imponente e delicada, um retrato de época em que foi pintada sentada de lado em uma cadeira de veludo bordô, ela de vestido preto com a parte de cima também de veludo, e saias de tule, os lábios vermelhos entreabertos num sorriso discreto, um colar de pérolas quase tão perfeitas quanto as retinas dos olhos escuros, aquelas que pareciam se mover quando olhávamos fixo para elas e caminhávamos lateralmente até o corredor. O espaço vazio, as manchas da moldura na parede, minha mãe e eu carregando o quadro de um metro e meio de altura para o hall, onde o deixamos virado para a parede: Tita não estava mais lá, sua ausência era o dobro de sua presença, e só então pudemos remexer suas gavetas, recolher suas roupas, embalar doações, separar as porcelanas chiques, encontrar as dezenas e mais dezenas de pacotes de cartas embaladas, amareladas, apertadas.

Foram ao lixo.

Naquele dia, recebi de volta algumas cartas que eu mesma tinha escrito para Tita ao longo de todo o tempo em que convivemos à distância. Cartas escritas à mão e, nos anos mais recentes, impressas. Desenhos, fotos com legendas engraçadas no verso, convite de formatura. Reler o que não foi escrito para mim, mas por mim, me fez pensar que no fundo escrevemos para nós mesmos, em alguma instância.

Se eu escrever para a Gaia, estou convencida de que ela vai ler antes mesmo de eu assinar, como se minha comunicação com ela possa se dar enquanto as palavras são pensadas e escritas, nesse momento em que o indizível encontra seu estar no mundo — ou durante essa procura.

A mãe do meu pai por muito tempo foi apenas a minha outra avó. Morava em Montevidéu e, desde a última operação no quadril frágil, como se feito de ossos de papel, saía pouco do apartamento da Dieciocho de Julio, segundo andar, que parecia o quinto dada a altura imensa do hall e do entrepiso. Era pianista, tinha estado grávida quinze vezes, das quais nasceram doze filhos, em partos que duraram até passados os seus cinquenta anos. Essa senhora de pele lisa, sorriso fácil e passos lentos sabia receber os netos: tinha mais de quarenta, uma família ruidosa e visitante, que se reunia no apartamento do centro todos os domingos, em volta da avó com nome de santa e que tocava piano: um Steinway de meia cauda, com duas teclas que falhavam, mas que não impediam que o *Noturno número*

9 em mi maior de Chopin soasse como um abraço enquanto se dormia a *siesta* na cama de viúva no quarto dos fundos com o pequeno terraço dando para os fundos do prédio sem sol. Eu tinha com essa avó uma relação musical: ela tocava o piano para mim; eu tocava o *Bourreé* de Bach no violão para ela.

Muito melhor que tocar era ouvir: durante a *siesta*, ou escondida atrás da porta, ou fazendo que dormia no sofá de veludo vermelho-escuro. Ela tocava cada vez mais para si; quando só, a visão confundindo as notas, a vergonha tomando conta do erro, os dedos que falhavam. Nunca soube nenhuma obra inteira de cor, e milhões de linhas musicais escritas cantavam sozinhas à noite esperando que o dia as trouxesse de volta à luz. A avó se irritava consigo mesma, bufava e logo depois ria e dizia, recolhendo os dedos: *no puedo*. A avó foi ficando imensa dentro de mim com o passar daquelas tardes. Inocencia.

Eu fico pensando como seria falar com ela agora. Ela na poltrona de balanço, a porta do terraço entreaberta para deixar um vento entrar, junto com o barulho dos ônibus incansáveis da Dieciocho de Julio. Seria verão. Ela me olharia com a ternura de quem não me via fazia um ano, perguntaria como estou, o coração, o trabalho, os planos. Teria lá suas crenças e convicções, mas aceitaria minhas escolhas estranhas ou erradas, se eu as contasse, e com perguntas sutis me convenceria de que eu deveria fazer algo a respeito. Dela o conselho: não goste mais dele do que ele de você, deixe ele gostar mais.

Inocencia não tinha nada de inocente, mas preservava suas opiniões com candura, e quando a conversa não ia bem, ela se desviava para o piano ou para a cozinha, trazia chás, chocolates, saboreava o momento como se fosse único. Na minha idade ela já tinha tido oito filhos, perdido alguma gravidez no meio, minha avó tinha passado quase mais tempo gestando do que qualquer outra mulher adulta que conheço. Se eu tivesse contado: vou ter um filho. Teria sido uma alegria que nunca vou conhecer. Se eu tivesse chorado: não posso ter um filho. Queria saber o que ela teria me dito.

    O vazio da inexistência é pior, muito pior. Se não posso ser mais, então o que eu sou? Por que essa sensação de mortalidade imediata? Para quem deixar e o que deixar? O que seria mesmo prolongar a minha existência? Que peso se perde, ou se ganha, ao nascer? O que foram as mãos todas me trazendo até aqui se agora a rede se abre justo na minha vez, todos dizendo: salta!, eu confiando e saltando? E justo na minha vez a inexorabilidade dos fatos. É o buraco na rede, eu sei. Poderia ter acontecido na vez anterior ou na seguinte, eu sei. Você não é nada, absolutamente nada, eu sei também. Mas por que só agora perceber que o abismo é melhor que o vazio? Então é isso que se faz quando a porta se fecha e você fica dentro olhando para a porta: ainda sentindo o antes e temendo muito o depois. A imobilidade que te faz escorregar as costas na parede da sala, e do frio da parede vem um pequeno acordar, mas não agora porque tudo o que quero é ficar aqui encolhida chorando um pouco.

Se eu tivesse que me lembrar de uma cena, de apenas uma cena, seria esta: eu na piscina de um hotel decadente em Campos do Jordão nos anos 1980, usando um maiô bastante folgado com um fitilho rosa no decote e na borda em cima das minhas coxas grossas, já meio sem cor, as florzinhas esmaecidas. Deitada na espreguiçadeira, um dia nublado, o rosa ficando mais rosa. Minha mãe ao lado com os óculos de sol violeta, armação grande, ela bem glamorosa na beira da espreguiçadeira. O maiô ficando seco, eu brincando de puxar o tecido na barriga: eram como bolhas, fazia um barulho divertido. Os ossos da bacia iam ficando mais saltados e aparentes, duas pontas olhando para o céu, alguma araucária adornando o meu teto de nuvens.

A voz da minha mãe: "Com esses ossos largos, você vai me sair uma boa parideira".

Continuo caminhando pela rua plana, falo com Beatriz ao celular. Ela está angustiada. Descobriu que está grávida e ainda não contou ao marido: quer que seja no momento ideal, que não chega, ele está estranho, parece que esconde alguma coisa. Ela me pede para que ligue para a Paula, que já se decidiu por um aborto: não confia no cara, não quer um corpo estranho dentro do corpo dela, não quer ser mãe, mas está presa a uma cama desde que fez o teste de farmácia e não consegue se levantar. Eu, que sempre ouvi e soube o que dizer, agora não quero. Eu digo à Beatriz: hoje não, as coisas não vão bem, mas está tudo bem. Ela quis entender como o não e o sim podiam estar dentro de uma mesma frase, eu não consegui explicar. Beatriz e Paula sabem que eu ia fazer o tal exame, ríamos as três, depois dos quarenta, cada qual com sua condição diferente mas parecida, a questão: sim ou não? sim mas quando? não, mas por quê? Eu sempre fui do sim, sim para tudo, e quando um não veio em letras grandes pichadas no muro do prédio, nas paredes do apartamento, nos bordados dos lençóis, nas iniciais das toalhas, nas sombras, no espelho.

Paro no farol prestando muita atenção ao atravessar: eu já atravessei essa rua antes na hora errada, saí voando por cima de um fusca azul-claro que descia desenfreadamente. Estávamos em família, em um desses almoços de domingo com nosso pai e a Nara, quando o então novo casal experimentava formas de convivência com os filhos do meu pai. Nara lançava mão de seus melhores talentos, nos apresentava os restaurantes mais legais de São Paulo, os escondidos, os boêmios, o melhor filé à parmegiana. Naquele domingo íamos a um boteco de esquina que fazia baião de dois, coisa séria para Nara, que também me ensinou desde cedo a tomar cerveja em copo americano, eu tinha uns catorze anos e achava Nara muito revolucionária. Com ela conheci o Riviera quando ainda era um boteco sujo que servia o sanduíche royal e cerveja de garrafa. Se meu pai tinha escolhido essa mulher tão diferente da minha mãe, ela devia ter algo que eu também poderia adquirir. Algo que me interessasse, e muito me interessava ser uma mulher tão interessante quanto ela, mesmo sendo tão diferente. Ou até por isso mesmo.

Então saí por trás do banco reclinável do nosso velho Passat bege, minha irmã dirigindo. Vi meu pai atravessando para o outro lado: fiquei confusa na hora, não entendi muito bem para onde estávamos indo, mas segui os passos do velho, que já ia desaparecendo para dentro de alguma porta corrediça, ainda esprimi a barriga para deixar o ônibus passar e me lancei em seguida. Mas o que veio foi o fusca, embalado na ladeira. Era a calçada se aproximando em um primeiro plano, depois maior, maior, e meus cotovelos ralando no asfalto, meu pai saindo da mercearia com dois maços do cigarro longo recém-comprados, meus irmãos do outro lado boquiabertos e incrédulos porque a pequena caçula tinha acabado de pular um fusca, salvando-se de um atropelamento que poderia ter sido fatal. Meu pai, que não viu o salto, só viu a filha deitada no chão a seus pés. Eu tinha doze anos, não era a audiência para a frase: toma um uisquinho que passa, mas ele falou isso mesmo.

Naquele mesmo cruzamento em que estou agora, revivo esse dia em que nasci de novo, não mais em sentido metafórico, mas tendo visto o fim na forma de um carro descendo a ladeira em minha direção e nenhuma consciência sobre que movimento fazer a seguir. Atordoada, vou chegando perto da faixa, quando percebo um movimento estranho de carros: um acidente acaba de acontecer. O resgate chega ao mesmo tempo que eu desço da calçada para atravessar. Há um homem no chão, deitado. Saem de sua boca gritos rasgados que não parecem humanos. Todo o resto é silêncio dos olhares em volta. Os homens do resgate olham e viram o rosto, segurando qualquer expressão antes mesmo da expressão nascer. Um pega uma tala, o outro um cobertor. A perna do homem no chão se mistura com o asfalto. O joelho termina em um tecido desfeito, mergulhado em sangue. O homem tinha perdido uma parte da perna. Eu olho e volto a olhar, procurando sentido na imagem do que faltava: onde estava aquela perna, por que essa ausência, duvidando do asfalto e do limite entre o céu e a terra: deve estar embaixo, deve estar embaixo.

Tudo o que quero é dar a mão a esse homem, mas não consigo. O farol que abre não faz diferença, tudo está parado. Eu sigo andando, obedecendo aos sinais do guarda que olha como quem julga: vai, vai, segue andando, pare de olhar para a dor desse homem.

E o que Gaia faria agora?

Gaia daria a mão para esse homem?

Entro em casa e Sandor se demora no café da manhã, duas torradas no prato em cima do pufe amarelo em forma de rim ou de um grão de feijão que usamos para apoiar os pés. O cheiro da torrada meio queimada, olho em volta das bordas e não parecem queimadas, reparo no lixo e vejo uma fatia jogada, preta, o tostador na boca do fogão, lascas de fuligem em volta, da coisa que se desfaz. No começo ele achava esse tostador rudimentar, agora vejo que o usa. Toma um café, Já tomei, comi uma banana na Teresa, passei lá, Como está o velho? Está bem, Quando sai? Ainda hoje, se os exames de sangue tiverem voltado ao normal. Ah, que bom, e o que você vai fazer?, vai precisar do carro?

Eu não sei o que vou fazer.

— À noite depois da aula a Lara veio falar comigo, e você não sabe: as dúvidas dela se parecem tanto com as minhas quando eu tinha a idade dela: a escolha, o tempo. Ela fala do que quer fazer e nada se parece com fazer. Mas ela já faz!

Vi um homem com a perna esmagada agora.

— Daí ela mostra essas telas incríveis do silêncio e da raiva e dá para entender tudo o que ela quer, sem falar. Dá medo dessa fúria toda. Vontade de abraçar a Lara e criar uma cápsula protetora em torno dela.

Eu folheio o jornal.

— Sabe o guarda da rua da escola? Ele continua na fila de espera para a cirurgia. Me mostrou a sonda, muito impressionante. O cara anda com um saco de cocô amarrado na cintura e me contou quase chorando, ali no meio-fio, na porta da guarita. Hoje vou começar a batalhar o dinheiro para os exames que ele falou que faltavam.

Tem uma notícia que explica por que as tartarugas encolhem o pescoço.

Quando levei Sandor para Montevidéu pela primeira vez, meu lenço rosa escapou do nó frouxo na alça da bolsa na Plaza Matriz enquanto tomávamos um sorvete, momento de grande celebração montevideana. Era de *dulce de leche*. Fui perceber só no carro que o lenço não estava mais comigo. Demos a volta, já estávamos quase na *rambla*. E por essas coisas que na hora fazem sentido, meu lenço continuava lá, voando solto, como uma pipa-criança se divertindo com o vento. Sandor não enxergava o rosa mas via o balanço do pano colorido, e confiava no nome da cor que eu contasse para ele. A gente riu do mesmo jeito: porque a gente não acreditava em certas coisas, mas na hora a gente acreditou. No improvável.

— Foi terrível essa noite, sonhei de novo com a Kombi sem freios descendo aquela rua de Budapeste, a rua dos meus avós, aquela da foto. Ainda meio dormindo, aflito, ouvi um mosquito se aproximando, decidido, direto para o meu ouvido. Não adiantou colocar as cascas de laranja no aparelho da tomada. Maldito veranico, não é assim que se fala?

Parece que é para melhorar as condições de dar o bote.

O meu gesto é o de olhar: as coisas como são. A beleza que está nelas. A dor que está nelas. As pernas passando os troncos passando as pessoas roncando a janela que passa atravessando a noite: imagens vêm sozinhas, se veem sozinhas: eu olho até de olhos fechados, porque a luz está, a escuridão também amanhece, e não tem nada mais triste que um dia nascendo. Por que ele não me pergunta como me sinto, por que não me conta como se sente, também. Eu sei que aqui tem algo não dito que está sendo expressado pela tentativa.

— Mas pelo menos fica um cheiro bom — eu digo.

— Tô indo. Qualquer coisa, liga — ele me diz, me dando um beijo rápido na bochecha, e percebo a barba dele por fazer, que gosto de acariciar, e percebo que faz tempo que eu não sinto a barba dele roçando pelo meu corpo.

A falta dele, por mais que ele esteja ali, agora saindo de casa, correndo para o dia. Eu, que fico, olho em volta e percebo o movimento: o que eu vejo é o que sou, é um nada ali entre o chão e o pé: um fio. E assim vou abandonando outros estados: a hiperconsciência do momento, a impressão de que tudo é a mesma coisa (e explicar isso, e cansar os outros, e a mim mesma), a sinestesia permanente. Apurar um sentido só, por vez, você, depois, agora, silêncios. Silenciar a mente, aquietar o coração, aprender a me abraçar, aceitar a morte e o fim. A perna daquele homem se misturando ao asfalto, a dor.

E a falta que a ideia de filho faz.

A tarde se passa em preparativos concretos: a passagem pela internet, a mala em cima do pufe amarelo, o nécessaire aberto sobre a mesa e, enfileirando-se, as coisas que precisam ser colocadas dentro. Meus remédios, não posso esquecer. Desvenlafaxina, buspirona, ácido fólico. Este para a angústia, este para a ansiedade, este outro para manter a mente atenta. Nos últimos tempos me dediquei a alimentar meu cérebro, como vitaminas.

Preciso pensar direito, preciso estar inteira, preciso unir os fatos e encontrar uma explicação. Preciso.

Nada me dá mais a sensação de ordem do que arrumar uma mala. Não só o que precisa ir como o que fica: tudo vai permanecendo no lugar certo, pelas razões certas, até a razão mais insondável de: como é que vai estar o tempo lá. Não atendo o telefone, não verifico o e-mail nem os corações nas redes sociais. Vou me desligando aos poucos, transformando-me na massa amorfa que se move entre o aqui e o lá, como se fosse desaparecendo em cores dissolvidas.

Ficam em suspenso os pensamentos, as atitudes que eu poderia tomar agora: confirmar os próximos exames, ouvir a Beatriz sobre inseminação artificial e variadas formas de adoção, respirar com a Paula e sua determinação absoluta de achar isso tudo de filho algo não para ela, não para todas, olhar o Tom e acariciar a parte molinha da orelha dele, quase toda, enquanto ele olha percebendo, reconhecendo aos poucos a extraterrestre que pousou no seu planeta saltando sem gravidade. Aviso meu irmão: olha, deu errado por aqui, preciso sair um pouco, o papai já vai ter alta mesmo, tudo certo com a mamãe, na volta eu continuo procurando trabalho, tenho minhas reservas, você sabe que eu consigo me segurar por mais um tempo.

Sandor deve voltar logo, ele disse que vinha cedo. Jantar, no jantar eu falo. Vai ter feriado, ele me falou de uma possível saída com o grupo de artes, um retiro organizado para fazer desenho de observação em meio à natureza, mas o mais importante era passarmos juntos, talvez um cinema, quem sabe ele não se anima e vai, mesmo que confunda todos os tons de verde.

Enquanto corto o brócolis para completar o que era possível para comer, me comovo pensando que os pedaços juntos se parecem com uma floresta vista desde outro ponto de vista. Tão verdes e perfeitos cada um dos ramos, como se cada um fosse uma árvore de desenho de criança. Corto delicadamente cada parte, mantendo a copa, tentando deixar o cabo proporcionalmente perfeito. Tento. Penso isso enquanto ouço uma música que me transporta ao começo de nossa história. Tem algo do embalo proposto pelo ritmo e pela melodia que faz o meu corpo sentir o que eu senti por ele e ele sentiu de volta. Nosso abraço nos lançava a uma dança discreta, com movimentos curtos, os corpos suspensos pelo tempo que durava a canção e mantendo-nos unidos no mesmo embalo, toda aquela combinação de instrumentos e vozes e palavras que não se entendiam direito surtindo ali o efeito do encontro mais que perfeito, criando uma outra dimensão possível, a da substancialidade da música.

 Talvez Sandor chegue e volte a se sentir em casa em meus braços. Talvez ele lave as mãos e queira saber da minha teoria do sabão que dura para sempre enquanto houver bolhas transparentes com pinceladas furta-cor, porque cada bolha contém um mundo, e mundos não desaparecem nunca e é por isso que eu faço render o resto sempre com água, chacoalhando. Talvez ele olhe para a comida e veja pequenas florestas, e ache gostoso levar à boca pedaços de desenhos perfeitos, infantis. Talvez ele olhe para mim e veja quanto de amor tinha ali para ele e se escapou, e procuremos de novo. Talvez ele pouse a mão dele na minha barriga como tentando curar. Talvez ele ache isso tudo que fiz sem carne sem sabor e peçamos uma pizza, e ela venha, e riamos dessa frase, porque ela é engraçada. Talvez ele me ofereça uma taça de vinho e me abrace como se a luz acabasse e não houvesse coisa melhor a fazer. Não tão gostosa. Talvez ele ria de mim, de si, talvez rodemos bambolês imaginários. Talvez choremos, como uma música que acaba, uma bolha de sabão, como o amor, como

— Quer brócolis?
— Por que essa mala feita?
— Eu vou para Montevidéu amanhã cedo.
— Você não acha que deveríamos passar o feriado juntos?

— Não sei o que eu acho. Só sei do que preciso agora.

    Sou uma gelatina que se dirige à cama, deitar-me é apenas deixar a ação da gravidade fazer efeito, meus cabelos não têm mais cor, minha silhueta desaparece. Meu rosto perde as formas. Seguro minha mão na minha outra mão e adormeço. Estou indo, indo.

O avião vai aterrissando na pista do aeroporto e sinto que algo dentro de mim se aquieta. Ao se abrir a porta da aeronave, não só a pressão de fora se iguala à de dentro — mas o de dentro de mim também se iguala ao de fora, como se uma sutil gangorra que sustenta balões de ar atingisse o equilíbrio. Sinto que é possível então respirar, mesmo que o ar seja gelado e o céu pareça cair sobre a nossa cabeça. Venta. Quando eu era pequena, as chegadas pareciam mais concretas: pisava-se no chão logo de cara, quase sempre o avião sendo um só na pista, sem pares ou concorrentes, apenas o horizonte de um campo combinando com o pequeno terminal — que, hoje, abandonado, parece uma miniatura de aeroporto. Tomava-se um ônibus até ele, mesmo assim, e lá dentro o azul e o amarelo-claro davam às cadeiras de plástico e paredes descascadas um tom quase irreal, de história em quadrinhos, de lugar parado no tempo. Chegar foi sempre um sossego — mesmo quando atravessava de ônibus a fronteira terrestre do Chuí, de madrugada, com os policiais, os cães, cheirando minha bagagem. Ao ouvir o primeiro contato de um ser humano feito em espanhol, geralmente o oficial da alfândega, orgulhosamente eu devolvia o mesmo sotaque, como quem revê um parente, estou de volta, demorei mas cheguei, agora fico, o estranho virando familiar, reconhecendo-me imediatamente, ouvindo minha voz não mais como se fosse de outra pessoa, mas de mim mesma. Encaixada.

    Agora o aeroporto é novo, orgulhoso e exibido, uma forma de olho aberto desenhada por arquiteto de grife, todo lindo, um lugar feito para receber muitos mais do que realmente recebe — são em maior número os que vão, sem volta, fugindo daquilo que a outros encanta, e mal se sabe que aquilo que encanta é também o que mata, aquela placidez, aquela foto amarelada de um lugar que não virou outra coisa com o passar dos anos.

Eu gosto disso sem culpa, de tudo o que não muda, do meu recanto passado com cara de passado, apesar das referências que se esmaecem: a casa que não está mais e que virou prédio para cobrar de vários andares a mesma vista do mar, a velha ponte substituída por outra, estaiada, um ar de progresso que me irrita, como a ausência progressiva dos carros velhos. Agora caminhonetes e sedãs preenchem as ruas com poucas pessoas dentro, ocupando mais espaço por fora. Coisas ínfimas desapareceram, como o tíquete do ônibus em papel de seda com uma sequência de números que corriam o risco de serem números *capicúa*, ou da sorte, quando dispostos em ordens coincidentes, de números iguais, repetidos, ou desenhando formas lógicas a partir de sua distribuição nos cinco lugares possíveis. Faz alguns anos já que não tem mais.

Mesmo com partes faltando, aqui vou remontando as minhas.

Nem que eu fosse apenas à feira, e não qualquer feira, mas *a* grande feira, à qual todos se referem assim, sem nome, mas que também se conhece por Tristán Narvaja, em que dezenas de quarteirões se vestem de quinquilharias vendidas em barracas, nas calçadas, sobre as calçadas, sobre quiosques, sobre Kombis ou diretamente no chão, em toalhas, toalhinhas, plásticos pretos, ou simplesmente sobre o asfalto. Nem que fosse só para ir a essa feira, já estaria bom. Visitar Tristán Narvaja em uma manhã de domingo é entrar em contato com a organização possível do mundo, talvez seja isso. Um vende baixelas antigas. Outro, frutas. Mais adiante, uma hélice de um avião da Segunda Guerra. Muitos artefatos kitsch, furtos de coleções de antiquários, muletas, dentaduras, todas as variedades de cadarço, livros, discos, aparelhos que tocam discos, fichários que guardam os nomes de fitas cassete, fotos antigas, cartões-postais originais ou falsos, simulando correspondências entre pessoas que não existem, que jamais existiram. Tristán Narvaja para mim é a paz das coisas em seus lugares: tudo tem lugar e permanece disposto de forma harmoniosa. Há quem posicione sobre uma toalhinha de veludo posta sobre as pedras da calçada um porta-retratos com a foto esmaecida de uma dama bem penteada, ao lado de uma coleção de caixas de fósforo antigas dispostas simetricamente, no canto da toalhinha um dinossauro de plástico verde-limão, quem sabe ao lado um ímã de Gardel ou um revólver antigo. Tudo em equilíbrio, emoldurado pelo amarelo, sob os olhos de um vendedor que oferece o que tem a oferecer, esperançoso de conseguir alguns vinténs. Um artista. Volto sempre a essa feira para reaprender a reorganizar o mundo. Talvez dê tempo. Talvez consiga.

Ninguém sabe que estou aqui, eu penso enquanto passo pelos trâmites de aduana para finalmente sair ao saguão onde já me esperaram com mate, carro, almoço marcado. Nem minha contadora sabe. Ela cuida das contas do pequeno apartamento do meu avô e dos documentos que me tornam uma cidadã regular, existente, no papel, nos números, uma das três milhões — e não apenas uma dos milhares que moram fora do país. Invisível, estou chegando invisível.

Sinto que chegar é só uma forma diferente de estar, muito presente, consciente de todos os passos, agora até o ponto de táxi, e de uma porta que se abre por um cavalheiro, um homem antigo. De olhos fechados chegaria a qualquer ponto: conheço aquele trajeto do aeroporto até a Calle Reconquista como um filme que gosto de rever, um quadro apenas, mudando de tipo de céu e de cor do mar, costurando toda a *rambla* da minha cidade. Do banco de trás do táxi Mercedes creme, peço para abrir a janela, respiro a brisa fria, olho para a esquerda a todo momento, saúdo a estátua de mármore da mulher de vestido leve e ombros nus recostada sobre seu banco de mármore, e só volto a mim quando o carro para com as rodas na calçada na frente do prédio nos limites da Ciudad Vieja, entre tudo o que é velho e o mar.

Uso minha chave grande e pesada para abrir a porta de mais de três metros de altura. Lá dentro o porteiro não me reconhece, mas não faz perguntas. Pego o elevador de porta pantográfica onde caberiam duas pessoas e meia, se todas fossem pequenas. A mala, de rodinhas, tem o tamanho de uma meia pessoa, pelo que deduzo que subiremos sem problemas até o terceiro e último andar. As paredes do elevador são de vidro e madeira: vejo os andares passando pelo lado de fora, separados da pequena caixa transportadora por uma fina tela de metal adornada em rococós. Se o elevador quebrar, será possível ver tudo o que acontece do lado de fora. Rememoro os reflexos automáticos esquecidos em tanto tempo de ausência: solavanco do elevador significa parada, era o meu andar. Para sair, preciso abrir manualmente a porta. E fechá-la de novo, para liberar o elevador ao próximo passageiro. Movimentos relembrados pelo meu corpo que se mexe com economia e sabe usar todas as chaves, distinguindo-as pelo tato, pelas ranhuras.

Os lençóis encardidos sobre os móveis dão ao apartamento um ar sombrio, gelado e silencioso. Telas também estão cobertas, a meio pintar, brancos enormes com pinceladas nos cantos, um mosaico de formas em tons de cinza e marrom-acinzentado, um construtivista ao modo de Gurvich, em quem meu pai se inspirava quando ainda pintava. Uma vez pedi a ele que fizesse algo como a *Pareja cósmica* para mim, meu Gurvich preferido. Ele disse que não seria capaz e nem queria, mas esboçou um contorno de duas criaturas abraçadas, tais como as cósmicas, dois que pareciam um só. Nunca chegou a preenchê-lo.

Telas todas ali incompletas, sem descobrir ou pendurar: meu pai não veio mais a Montevidéu desde o último derrame, que o fez perder os movimentos sutis dos dedos, o pincel escorregando ou falhando entre o contorno e o conteúdo das formas. O velho apartamento, herança do sogro dele, foi seu ateliê por muitos anos e mantido como refúgio: o meu pai pintava, eu me escondia, os meu irmãos pouco vinham, minha mãe fingia que não existia. Reconquista tinha sido comprado pelo meu avô nos anos 1920 e usado como garçonnière. Vende logo esse covil, clamava minha mãe desde o dia em que emigramos. Na época usaram o espaço para guardar alguns móveis, discos, livros, a prataria e outros presentes de casamento, o piano de parede herdado de uma tia-avó rica, na esperança de que pudessem algum dia reconstruir nossa casa, desfeita às pressas. Aos poucos tudo foi sendo penhorado e vendido, para ajudar a alimentar a vida nova, e esse apartamento ficou ancorado na Ciudad Vieja, quase nu. Meu pai e eu até hoje nos recusamos a nos desfazer do *pied-à-terre*: uma cama de viúva no espaço da sala, os cavaletes e suas obras inconclusas, um banheiro pequeno de chuveiro quase sobre o vaso, uma quina que funciona como cozinha, com um triângulo de mármore bordeando uma pia, igualmente pequena, algumas lâmpadas no soquete, tapetes que tentam cobrir o chão de tábuas de madeira carcomida. Apoiado num caixote de madeira virado de lado, um fogareiro deve ser ligado a um botijão de gás, que eu preciso providenciar se for ficar muito tempo. Não pretendo. Ao redor da mesa quadrada e gaveta sob o tampo, dois bancos de madeira e uma cadeira como a do quarto de Van Gogh parecem ainda largados no que pode ter sido uma última tertúlia. Não me lembro. Um assento de piano, daqueles giratórios, está disposto ao lado da cama. O tampo, trançado em palha, está abaulado e desfiado como um chapéu de praia velho. Sento, afundo e giro uma volta inteira, rindo da sensação conhecida.

Geladeira não tem mais e nem será preciso: se lá fora faz uns sete graus, no máximo, aqui dentro parece quatro.

    Retiro os panos um a um: primeiro o da cama de colchão puído. Deito de lado, pensando que dormirei fácil, mas não me deixo levar pelo desânimo do corpo cansado. Continuo com a arrumação abrindo as janelas, que, embora deem para um fosso, deixam entrar uma luz tênue e boa. Ventilo o espaço, estranhando que ainda pareça limpo, como se nem a poeira tivesse parado, apesar de os ponteiros do relógio marcarem um tempo que já não era mais havia muito tempo. Dois anos, cinco? Basta olhar para perceber que não era habitado, como se as paredes estivessem resguardando um lugar de encontro até um próximo encontro. Um lugar de ninguém, sem o frescor de uma casa em que móveis se mexem ao compasso dos habitantes, sem enfeites que saem ou entram das gavetas, sem quadros expostos que falem. Abro o armarinho e há um pote de doce de leite com restos petrificados, uma garrafa de água com gás já sem gás, um refrigerante pela metade, um limão que já foi amarelo e hoje está ocre e duro. Panos de chão ressequidos pendem da pequena pia, são quase bonecos de papel machê.

    Da minha mala, tiro um lenço florido, que estendo sobre o encosto da única poltrona, ajeito meus frascos no banheiro, tiro a minha lata de brincos que já conteve pastilhas de hortelã e a deixo sobre a mesa, ao lado do perfume e do hidratante de mãos. Sobre o banco de piano, deixo o livro da vez, que não folheio há dias, e quando começo esqueci do começo, o Georges Perec sobre as coisas, e o celular. Acho o adaptador no bolso interno da mala. As tomadas são diferentes: as de dois pinos são profundas e também há as de três, que não conversam com nenhum plugue que trago. Por isso o adaptador. A lista cumprida por completo.

    Gaia seria de procurar conforto na ordem?

Daqui não se ouve nenhum barulho da rua, mas sei que já deve haver um discreto movimento de almoço, quando os montevideanos todos passam a se parecer nas mesmas vestes pretas ou cinza, e na mesma postura ensimesmada de quem espera a primavera para voltar a dar bom-dia ao dono da banca de jornal, ao porteiro, ao vendedor das frutas que voltam a se exibir nos caixotes encostados nas paredes dos mercados de esquina. Desço e entro no primeiro bar, sento ao balcão, peço uma milanesa, uma salada de tomates e um *pomelo*, diet, *si no le molesta*, e começo a me sentir em casa. Mando uma mensagem para o meu tio, como se nunca tivesse deixado de estar ali: estou aqui. Conheço seus horários de funcionário público e sei que está na hora da grande pausa para o almoço, por isso não me surpreendo quando o vejo entrar, depois de tão poucos minutos. Ainda atendo o telefonema de Sandor, que do outro lado se mostra preocupado e nervoso diante da minha decisão repentina, que fez com que se esvaziasse a casa de uma hora para outra e o deixasse sozinho. Sim, cheguei, está tudo bem, ainda não sei.

— *Pinpilinpauxa!*

O tio Elazar é o caçula dentre os irmãos dele como eu dentre os meus, e me chama sempre de borboleta, em basco, que é o idioma desse lado da família. A forma reduzida se resume a Pinpi, que eu aceito também, desde bem pequena, na época das despedidas dos verões em que eu prometia a ele que me transformaria em borboleta para poder voar de um lugar para outro sem ninguém perceber, e assim poder entrar pelas janelas ou pousar no para-brisa dos carros e ser levada junto sem acrescentar peso. Eu sou Pinpi para muito poucos, e aqui estou entre esses poucos, o meu círculo conhecido.

Elazar pede ao garçom apoiado do outro lado do balcão um café, *cortado*, enquanto tira o sobretudo cinza e o grosso cachecol de lã cinza também, e os pendura no gancho de metal em frente aos joelhos. Eu afasto o prato já vazio para o lado e, pulando toda a parte de como está meu velho, todos os demais, a minha saúde, o coração e as coisas, o trabalho ou a falta dele, decido não contar o que me levou até ali, o exame, o abismo, isso tudo que ainda estava em fase de ruminação. Prefiro ir direto ao ponto.

— Preciso que você me ajude.

— Me conta tudo — responde seriamente, olhando por cima dos óculos respingados de garoa e que agora pareciam embaçados, meio sorriso no rosto, a sensação de ter todo o tempo do mundo para me ouvir, contanto que fossem coisas saídas de algum lugar da verdade, sem maquiagem. Uruguaio tem isso de atravessar o outro com a pergunta. Puxa um guardanapo áspero do porta-guardanapos de metal em cima do balcão e, com movimentos inúteis, espalha as gotas de garoa e suor pelas lentes arredondadas, enquanto me ouve, sem tirar os olhos dos meus.

O café chega e é assoprado e tomado em proporções iguais. Ele pega algumas moedas do bolso do sobretudo, assegura-se de que eu tenha dinheiro para o resto, pagamos sem nem ver a conta, arredondando para mais, como gorjeta, nos encapuzamos de dentro para fora, primeiro cobrindo o pescoço com firmes voltas de cachecol, dobrando as pontas para dentro das golas, vestimos os casacos e vamos os dois porta afora cortando a garoa fina que caía sobre a Calle Bartolomé Mitre. Elazar tira do bolso uma boina preta para aquecer a cabeça grisalha; eu cubro as orelhas puxando o gorro. Atravessamos a rua em direção ao Teatro Solís e lá pegamos um táxi, o taxista esfregando as mãos para aquecê-las depois de o ar quente do veículo ter sido invadido pela lufada gélida que vinha de fora.

— Ao Cementerio Central — eu digo, enquanto desamasso o pedacinho de papel que há tanto guardo entre tralhas versus relíquias esquecidas no criado-mudo do meu antigo quarto.

"Lote 2, número 196", está anotado em caneta esferográfica azul no papel que já serviu de embrulho de pão amassado e amolecido. Eu mantenho a garatuja há pelo menos vinte anos, quando finalmente tive coragem, em uma dessas minhas viagens de volta, de encarar o velho cemitério e seu velho encarregado. Vinte anos atrás, não vou esquecer. Ele dormitava num canto do pavilhão central ao lado de seu alfarrábio dos mortos, café morno na térmica, pedaço de *torta frita* ainda embrulhada no papel com marcas oleosas. Perguntei por Gaia e seu sobrenome — o de Gaia, o meu. Vi ali escrito, no livro de mais de mil páginas, em linhas que seguiam a cronologia das exéquias montevideanas, o nome da minha irmã, a data em que tinha sido enterrada e algo que me fez congelar por dentro: minha data de nascimento, o que era claro mas não era óbvio, nem vice-versa.

Aquele dia de abril era meu dia, e também o dela, e tê-lo visto ali escrito me fez ganhar consciência de que uma parte minha estava guardada ali. A morte da irmã ganhou concretude: era, tinha sido, fato. Eu só queria saber, eu só queria, era o meu cântico, de Gloria para Gaia, era meu pedido de auxílio para entender por que essa ausência ressoava. Guardei o papelzinho como prova. Quando o encarregado fechou o livro dos mortos, vinte anos atrás, as páginas pesadas espalhando o pó ao redor, algo em mim também parecia ter se encerrado. Mas não. Agora sinto outra falta, a chance de encerrar algo novo, fechar uma porta, encarar o que sobrou e soprar para longe o que não me pertence mais.

O único que parece entender minha aflição é Elazar, aficionado de árvores genealógicas, capaz de identificar o primeiro de todos que haviam chegado a esse país, vindo de terras bascas, um; desembarcado de terras catalãs, outro. Ele sabe identificar o primeiro gene, a primeira célula dividida, mantém notas dos casamentos, dos divórcios, dos filhos legítimos e dos bastardos, dos natimortos, dos infelizes, dos prósperos e dos miseráveis: todos fazem parte da história que monta como um quebra-cabeça, guardada em caixas de sapato entre velhos discos de vinil e fitas cassete. No último nascimento de um dos nossos parentes, celebrou o noningentésimo septuagésimo segundo descendente do primeiro imigrante que deu origem à nossa imensa família, hoje esparsa pelo mundo. Elazar se interessa muito pelas questões referentes a tudo o que é vivo e morto e o imenso campo existente entre um e outro.

    Ele se encarregou, em todo esse tempo, das questões cotidianas de cemitério: depois de eu ter visitado o túmulo de minha irmã gêmea pela primeira vez, ele mandou fazer uma placa em mármore branco, com letras pretas que, se lidas, ressoariam o nome de Gaia, que ocupou um lugar no panteão da família da minha avó Inocencia sem direito a homenagem. Outro dia recolheu a placa e mandou repintar as letras sumidas com a brisa agridoce do mar que é rio. Uma manhã recebeu um telefonema do encarregado e lá foi, testemunhar a redução do pequeno caixão branco em uma urna menor e descobrir, preocupado, que as cinzas de Gaia haviam se misturado às de Mimi, uma tia-avó nossa cujo caixão ficava imediatamente abaixo do dela, conforme me explicou mais tarde em um telefonema curto porque ainda era caro ligar para o exterior. Eu nem soube o que dizer, mas achava enternecedor o cuidado que meu tio manteve com a pequena Gaia reduzida a pó, agora misturado ao da simpática velha de quem eu guardo o riso, de tudo, de todos, um riso leve como cócegas.

— Preciso recolher essas cinzas e deixar a Gaia voar — eu digo a Elazar, certa de que aquilo me dará o alívio que busco, uma viagem de volta de dois mil quilômetros para poder regressar mais leve, sem âncoras ou fios que me obriguem a continuar a ser o que acho que devo ser.

— *Dale*, Pinpi. Tudo vai sair bem.

Sobrinha e tio procuramos o encarregado do cemitério entre gatos gordos e um pequeno grupo de brasileiros que procura pelo túmulo do autor da *Cumparsita*, o primeiro de todos os tangos, cujo nome eles não sabem e que um acha que pode ser Gardel. Quero me aproximar e explicar que, embora Gardel seja uruguaio — a tese de que mais gosto de defender —, ele está bem longe, e que por aqui só vão encontrar o de Matos Rodríguez. Como me canso de mim às vezes. Os turistas com frio parecem não se importar com muito. A moça de bota de salto e casaco com gola felpudinha parece brava, diz quem disse que isto aqui parece com a Europa, não dá para andar, este vento, vamos voltar para o mercado, nos afundar no chorizo e no tannat, e deixo passar, fingindo que não entendo o que ouço, que estou lá só por acaso, como se pertencesse às alamedas dos mármores e das estátuas e das sombras tênues de asas de anjo invadindo os canteiros descuidados dos jardins. É o dia mais frio do ano, uma fresta de sol aparece por entre as nuvens densas.

Me recuso a continuar prestando atenção no que passa diante de mim enquanto caminho. Faz frio demais para falar qualquer coisa sem importância: tirito. Elazar e eu andamos rápido, encostando os ombros, queixo grudado no esterno, todos os poros fechados como comportas. Passamos pelo túmulo de um dos três uruguaios que embarcaram no *Titanic*. Espicho os olhos, Ar-ta-ga-vey-ti-a, preciso me lembrar desse sobrenome mais uma vez. Da história desse cara que sobreviveu a um naufrágio mas não a dois. Claro.

Chegamos ao túmulo onde está Gaia, o mesmo de minha avó Inocencia, de minha tia-avó Mimi e de outros vizinhos. A tormenta desfez o arranjo de flores que alguém tinha depositado ali; sobram ramos, botões sem pétalas, a tampa levemente aberta, há terra sobre a lápide. A placa de Gaia está ali disposta, pequena, minha data de nascimento, meu sobrenome, minha irmã, o nome que já foi meu. O vento vem em rajadas, não há tempo para muito, o meu sem saber o que fazer se confunde com o não saber de Elazar, eu digo: não sei fazer isto. Eu digo: eu fotografo e guardo. Eu digo: deixa pra lá. Eu digo: vamos procurar alguém para olhar de novo o livro. Elazar a tudo não diz nada, ele só olha a tampa, mede forças com ela, me faz olhar entre a fresta, olha, está tudo arrumadinho ali dentro.

O deixa para lá que eu disse parece surtir algum efeito. Voltamos para a entrada, procurando pela cabine onde deveria estar o encarregado. Ele parece ser o mesmo de vinte anos atrás. Agora recluso, igual nas feições de poucos amigos, no tédio pesado daquele lugar em que os vivos visitam os mortos e os deixam na exata mesma condição, a constatação de tudo o que é sólido. Mostro a ele o papelzinho, ele reconhece a grafia, que era dele mesmo, eu pergunto se posso olhar o livro, ele me olha com cansaço, Elazar corrobora dizendo que isso é muito importante para a sobrinha brasileira (eu detesto esse argumento). O encarregado me olha por cima dos óculos, aponta para uma porta fechada, e diz que será preciso um pouco de tempo para encontrar a tal inscrição. É para um registro fotográfico, ainda justifica Elazar, oferecendo uma bala redonda de menta ao encarregado, que recusa sorvendo um trago de mate.

Enquanto o encarregado e eu seguimos à nave central, Elazar se desliza de novo em direção ao túmulo da nossa família. Vejo que ele se distancia com passos seguros, determinado. Nervosa, acompanho o encarregado à sala dos registros e começo a olhar as lombadas dos livros, dispostos de forma aleatória sobre estantes de metal.

Ele parece ler com a ponta dos dedos gordos. Vai percorrendo as lombadas com a mão direita, por cima, adivinhando seus conteúdos.

— É este aqui: abril de 1974.

No que ele puxa o livro, sai uma nuvem de poeira, pesada, cobrindo os óculos dele de preto. Eu me aproximo, ofereço as mãos para ajudar a carregar o compêndio que já conheço, gesto que ele ignora. Sobre a mesinha de metal, vira páginas cujas bordas estão amareladas. Letras pequenas se acumulam linha a linha, em uma tabela que contém nome, data e localização dos restos mortais.

Eu já sei a minha linha. Como se ele soubesse também, aponta com o dedo o nome de Gaia, como se estivesse escrito em braile. Afasta o corpo esperando a foto, que eu faço, tremida, desejando que Elazar chegue logo, e ele chega, com as mãos nos bolsos do sobretudo, expressão de naturalidade, comenta sobre a última tormenta e os estragos nas lápides mais próximas do rio. O encarregado murmura algo, diz que já é hora de sairmos, que em dia de semana o cemitério fecha às quatro e meia da tarde, e nesta época do ano não é possível esperar nem um minuto a mais.

Já do lado de fora, na rua, indo apressadamente em direção a um táxi, Elazar pisca e assente com a cabeça, fechando os olhos. No banco de trás, enquanto passamos pela Igreja Matriz e pelos escritórios do Ministério de Obras Públicas, ele me diz: seu pai trabalhou aqui, e me passa, escondido do retrovisor do taxista, um pequeno pacote embrulhado com jornal.

Quando o dia começa a virar noite, ali na Ciudad Vieja, no fim de tarde cinza que se transforma em cinza-chumbo e desse tom para um outro ainda mais escuro, bem na hora em que se fecham as bancas de jornal, salto no meu esconderijo da Calle Reconquista, abro a porta de ferro e passo pelo homem sentado sem que ele demonstre me reconhecer — digo *buenas*, ele responde *buenas*. Me sinto estranha: carrego na bolsa um pacote retangular, leve mas denso, envolto em jornal e embalado com fita-crepe, um pacote suspeito, que não ocupa muito lugar, mas pesa, pesa. Então é isso, penso colocando a mão dentro da bolsa e apertando o volume fofo com gestos firmes, uma vez, duas, sentindo a densidade do que havia naquele embrulho, tentando imaginar o que pensaria o homem da portaria se soubesse, e também a senhora idosa que agora pede para segurar a porta e entra no elevador, carregando uma bolsa do tamanho da metade do seu corpo, apertando-se na exígua caixa que sobe aos pequenos solavancos. Então é isso.

Solto os dedos do objeto no escuro de minha bolsa e finjo que estou procurando a chave, encontrando, prendendo o anel do chaveiro no indicador engrossado pela luva úmida de lã e retirando a mão rapidamente da pequena gruta, em um movimento calculado que a senhora parece não ter visto e pelo qual nem demonstrou interesse, mesmo ao olhar para mim por cima dos óculos e desejar *buenas* ao descer no segundo andar, esticando na letra *e*, eu agradecendo com um tênue movimento do rosto para baixo e o imediato gesto de ajudá-la com a porta pantográfica, para abrir, para fechar. Eu só com meu fardo.

Então é isso, e tenho diante de mim tudo o que resta. Eu só preciso saber, só quero saber: preciso da concretude das coisas. E as cinzas de Gaia são o pacote mais concreto que eu já tive nas mãos: são coisa, são parte, pedaço, fato. São. Como se todo o peso das palavras morte, perda, fim, trauma, exílio, culpa coubesse dentro de um invólucro amarfanhado de papel-jornal embalado com fita-crepe — as digitais misturadas aos restos de túmulos malconservados, terra e madeira podre, ossos no meio e alguns objetos que seguem com os mortos, e mais raízes de árvores saltando para fora, galhos quebrados, folhas em pilhas, esquecidas no canto.

Ouço badaladas que vêm da Matriz e a cidade se faz presente na forma de som metálico ressoando infinitas vezes no silêncio do resto. Aperto meu quadril fazendo um gancho com a mão, pressionando com força por baixo da roupa. Percebo um ponto de dor e cravo as unhas. Penso no martelo de bronze batendo no bronze do sino e na capacidade que ambos têm de se manterem rígidos e firmes ao longo de séculos. Pressiono as unhas. Minha pele afunda mas volta. Aperto de novo e já não sinto dor, mas uma ardência, como se meu osso ardesse. A pele afunda e volta. Resiliência talvez seja sua melhor qualidade, enquanto sei que se desgasta. Estico a blusa por cima e comprimo a lã sobre o que parecia ser o osso ardendo, uso de novo a força, agasalho meu osso e penso na pele que me cobre, que envelhece e resseca.

Dizem que antes fazia mais frio, que os sinos da Matriz podiam ser ouvidos até o obelisco, que o vento era mais cortante, que as balas de canhão da Ciudad Vieja chegavam até a Calle Ejido, e que por isso a rua leva esse nome, porque *ejido* significa esse alcance, que as ondas podiam chegar até o meio da Dieciocho de Julio em dias de ressaca. Dizem tantas coisas. Eu já vi romperem-se as ondas numa tarde as vidraças da loja de móveis na esquina da avenida Brasil com o mar, tamanha a fúria do invisível que irrompia sobre os cristais, até a pressão tornar-se muita, feroz.

Me pego querendo de volta um casaco que tive na infância nos outros poucos julhos que passei aqui: azul-marinho, trespassado, com botões gordos de madeira ovalados, aqueles que não se fecham em casas mas que são envoltos por tiras do mesmo tecido que o do casaco. Um casaco de marinheiro que eu amava e que vi diminuir de tamanho com pena — já vinha de segunda mão e foi para a terceira, doação de quermesse. Esse casaco era bom, não deixava entrar o vento frio nem pelas casas dos botões, que não tinha, nem pelas frestas do zíper, que também não tinha.

Toca o interfone, um som estridente e irregular, como vindo de fios velhos em estado de curto-circuito, é o meu tio de novo, o tempo que passou, destravo a porta com um toque no botão do aparelho e ouço ele ao longe, *abriu!*, e daqui a muito pouco ele chega, com um pote de cerâmica decorado com flores chinesas e tampa de rosca de metal que foi tirando do bolsão do sobretudo com as mãos enluvadas. Ele estava contente:

— Achei que era apropriado, Pinpi. Peguei em casa. Trouxe das coisas de sua avó.

Elazar é o guardião do pequeno tesouro que resta ainda do apartamento de Inocencia, as peças que ninguém quis: um jogo incompleto de chá de porcelana, constando de três pires e duas xícaras, pedaços de renda guardados em caixinhas de papelão, o biombo com desenhos japoneses, potes grandes, pequenos, muitas fotos, brincos sem par, pingentes de lustres, as velhas partituras. Enquanto vai entrando, dispõe sobre a mesa o que trouxe na outra mão: um saco de croissants e pães doces ainda está quente dentro da bolsa de plástico, murchos, mas não muito. Pesando no fundo, um quilo de erva-mate. Da bolsa de alça cruzada no corpo, tira uma garrafa de Grappamiel. O pote chinês fica no meio da mesa, sob a luz da luminária que pende ainda mais se puxada pela alça de metal, esticando-se seu fio em espiral. Está bem baixa, na altura das cabeças, mantendo a luz quase como um holofote, que chega até a emitir calor.

— Depois você leva esse pote para o seu pai. Ele vai gostar.

Esquento água com um *sun* direto na garrafa térmica. Penso na expressão engraçada do Sandor gostando de saber que *sun* era a improvável sigla de *soy una novedad*, uma resistência usada para esquentar a água do mate, quase uma resistência dentro de outra — já não se acham mais. Elazar nem lembrava quando tinha visto Sandor pela última vez. O pequeno apartamento e seus poucos pertences incluíam um *sun* dentro de uma cuia velha e bem curada. O suficiente para o ritual do fim do dia, da boa conversa sobre o frio ou outros assuntos. Hoje se usa mais a pava elétrica, que faz o trabalho quase todo sozinha, a eletricidade está cara, mas vamos indo. Elazar acende um cigarro, eu roubo outro dele, então começam os planos.

— Que lindo te ver aqui — ele disse.

Como anda seu pai, ele pergunta de novo. Ele já ia ter alta, eu respondo. Ah, seu pai. Pois é, um homem inquebrável. Ele ri, eu rio. Ele ri mais, lembra de alguma coisa do porão da velha casa da Bulevar Artigas em que todos eles cresceram juntos: o porão era do quinto filho, o meu pai, o lugar onde estudava, para onde levava os amigos, as amigas, onde desenhava nas paredes, tanto as lições para as provas da faculdade quanto cidades inteiras, em giz colorido, que ia sendo sobreposto por outros gizes e, quando a parede já não aceitava mais camadas, ele mesmo passava uma demão de tinta para começar tudo de novo. Era ali que as sobrinhas mais velhas se enfileiravam para treinar passos de dança, sob a aprovação do meu pai, o tio boêmio, que escolhia as músicas da festa, os primeiros licores, as primeiras garrafas.

— Foi ali que eu aprendi a fumar, com seu velho. — Elazar pergunta alguma outra coisa e eu respondo. Os dois nos interrompemos. Algumas frases encavalam. Algumas palavras funcionam como frases. Há silêncios no meio, risadas e barulho de bocas mastigando, o *sun* borbulhando a água, o mate sorvido, a tragada da fumaça, a exalada da fumaça, desenhando formas no ar.

Sentada num banquinho, eu, na cadeira de Van Gogh, ele, falamos ali sobre a vida, sobre a morte, sobre amor: a única coisa que vale a pena, Elazar diz.

Ele volta a me contar que me vê pequena atravessando a Dieciocho de Julio e ele com medo de que eu soltasse a sua mão enquanto atravessávamos para ver a cidade lá do alto da Intendencia, Montevidéu virando uma cidade baixa e curta, que se estendia entre os limites da visão, não muito mais. Me vê ainda em umas tardes no apartamento da avó Inocencia em que ele, o tio mais jovem, tentava entrar no universo das crianças e encantá-las com alguma de suas ofertas. A mais requerida era ao piano, quando ele conseguia simular vozes e situações:

agora as teclas pretas dizem, agora as brancas respondem, e então um trovão, e ao longe o latido de um cachorro. Eu rio me lembrando também das mesmas cenas cristalizadas, o dia em que Elazar, eu devia ter uns sete anos, foi de mesa em mesa quase agachado comigo entre os braços dando as mesmas passadas, meus passos curtos. Era uma festa de casamento e ele apresentava a sobrinha do exílio para os outros sobrinhos. Família grande, eu nunca consegui guardar o nome de todos.

O tio olha para a mulher de quarenta anos e vê sempre a criança assustada que chegava sem querer estar e depois não queria ir embora. Mesmo eu falando: queria tanto um filho; perdi um filho; agora não posso mais ter filho; ele se vira e oferece mais um croissant ou um *pan con grasa*, que sabe que eu gosto, e diz: então tenha, então chora, então reclama, mas faz alguma coisa, Pinpi! E me diz que nem tudo precisa se resolver — o apartamento, o que fazer com ele, agora que os gastos pesavam no meu orçamento finito, esta própria viagem, tanta coisa para ser decidida. Tanta coisa que se decidiria por conta própria.

Pulamos para a Grappamiel, servida em copos pequenos, um fundo melado que primeiro encosta nos lábios e depois desce suave pela garganta.

— E aquela tua amiga?

Ele pergunta da minha melhor amiga, a L, a quem me custa até nomear, o L sendo apenas o som do começo do seu nome, que às vezes pronuncio quando sonho com ela, ela me escrevendo coisas que não leio, ela pedindo desculpas que aceito, ela me dizendo como estou sendo besta. Assuntos longos e tantos, que resumo com a verdade: depois que ela teve um bebê, já não sei, sumiu, voou para longe, era para ter sido uma amizade de vida inteira mas não foi, senão eu teria outra resposta para dar, mas nesta hora é essa.

As cinzas de Gaia, o pacote que agora jaz sobre a cama, o pote em cima da mesa. Sem titubear, Elazar abre um e joga o conteúdo no outro, ainda passando o dedo nas bordas para jogar para dentro o que tinha se depositado fora, sem mistérios ou cerimônias. Os pedaços mais densos se parecem a flocos de aveia acinzentados, grossos, em lâminas. Esses escorregam direto. Quando sobram na boca do pote, um ou dois petelecos leves resolvem o assunto. Algumas outras partículas ficam no ar, misturadas à fumaça. Está feito. O jornal agora em forma de bola encaçapada diretamente no balde do lixo, sem mesuras.

Nos despedimos, ele vai saindo, não sem antes dar seu conselho de sempre, como se eu ainda tivesse sete anos:

— Cuidado na hora de atravessar a rua, Pinpi! — ele ri falando sério.

Nos abraçamos demorado e um *tequieromucho*, falado ao pé do ouvido, essa coisa afetuosa que deixa os envolvidos certos de serem queridos, uma pró-forma do carinho, do vínculo que não se desfaz, das coisas que vão dar certo.

Me vejo sozinha ali e não penso muito nem direito: penso na *escollera* Sarandí, o píer comprido que se continuasse em linha reta chegaria a Buenos Aires, uma língua de pedra sobre o mar. Podia ser aquele um bom lugar para começar a dispersão, mais perto da água, uma ideia que tinha tudo para ser boa, não fosse o dígito único da temperatura, a esquisitice de sair à noite pela Ciudad Vieja em uma quinta-feira invernal, tudo fechado, inclusive as poucas almas perambulantes indo de não sei onde para não sei onde. Já terei tempo, melhor sair amanhã cedo e seguir o plano. O plano que acabo de inventar entre o mate e a Grappamiel, o que parece fazer mais sentido. Até porque na última vez em que caminhei pela *escollera* encontrei uma mulher de pé no meio das pernas de um homem sentado, e achei que podia estar incomodando.

Deito de roupa, levanto e tiro os dois cobertores de lã do armário, junto por cima a colcha de retalhos de peles que foi presente de uma outra tia-avó. Muito pesada, parece desdobrar-se em câmera lenta. Alguns pedaços do couro faltam e outros estão descosturados, como rabichos do que um dia foi um bicho, ou vários, talvez raposas do mato, não sei. Jogo o pelego do chão sobre os pés e assim fico, teclando no escuro uma mensagem para o Sandor, um sinal de fumaça, um vai indo que eu vou indo, ou, dito de outra maneira: eu ainda preciso ir embora.

— Eu não entendo — li de volta.

No centro da mesa, a luz já apagada, o pote bojudo enroscado forte, uma fumaça desvanecendo aos poucos até sumir no pé-direito alto. Sombras dançantes pintam de cores amarelas as paredes brancas, que viram telas de quadros efêmeros, distorcidos, nunca iguais: são silhuetas do prédio de trás, atravessando o fosso, passeando através. Agora toda atenção aos sons é possível: passam ônibus até não passarem mais, e a madrugada constrói a ponte entre um dia e outro. Permaneço de olhos abertos esperando, então os fecho e as silhuetas vêm, dançam um tango e se espatifam virando mil centelhas de luz.

Acordo com um sonho escorregadio. Abro os olhos tentando ainda não ver, pelo menos não focar demais em nenhuma sombra ou objeto, como se quisesse reter o final do filme projetado nas minhas pálpebras antes de subirem os créditos. A sensação se impõe acima da palavra até a palavra aparecer. Como sempre. Então uma palavra procura outra e a busca só se encerra quando encontro uma cena, um pedaço da cena, a primeira frase do sonho. Percebo o momento em que ainda é possível deixar tanto a sensação quanto a palavra irem embora, voltando para o estado difuso dos sonhos que se perdem. Deixo estar, deixo ir. Algumas vezes pratico isso por gosto: não faço o menor esforço em resgatar a imagem ou a sensação, permitindo que elas voltem ao seu estado amorfo dos sonhos não lembrados. Outras, quando ainda observo o momento-entre, quando os olhos ainda não sabem distiguir o que estão vendo, se existe ou se não, quando foi que a luz entrou, quando se abriram, enquanto o corpo ainda se espreguiça e se contrai. Ali, nessa profusão de consciência se impondo sobre a inconsciência, quando isso sem nome ainda gira a roda das palavras, a roleta dispara e as casas vermelhas e brancas se sucedem. A sensação pede para ser dita, mas os números passam rápido demais, e a seta aponta para todos e nenhum. Se esse momento pudesse ser vivido por inteiro, sem que outros se cruzem em forma de lembranças ou obrigações, escolheria esperar pelo giro de todas as roletas, descobrir todos os números, montar as palavras em seu momento original e único. Quando a sensação-sonho encontra a cena-palavra, algo na consciência se aquieta. A carta do inconsciente chega, sou eu mesma, o envelope sendo aberto com a alegria de saber-se destinatário certo.

Mas eu não me lembro de nada.

Na rodoviária de Tres Cruces os guichês vão abrindo vagarosamente: escolho uma fila curta e um nome de empresa de ônibus que acho bastante apropriado, Rutas del Sol, contraposto ao sol esmaecido e quase ausente lá fora, soando como promessa de algo, um destino a que poderia chegar caso embarcasse ali, naquele ônibus azul e seu feliz logotipo em amarelo. Três pessoas antes de mim se contorcem como se, grudando-se umas às outras, fosse acelerar o processo. Falta pouco para as sete da manhã, hora do primeiro embarque, que serve aos que geralmente precisam chegar para um compromisso específico. Eu mesma não tenho pressa, tanto faz, deixo passarem na minha frente porque só preciso é que seja minha vez e ver o que sobra:

— O das 10h10 vai parando em Pan de Azúcar, San Carlos e Rocha — a atendente fala com o queixo baixo, mirando a tela do computador mas olhando para mim por cima dos óculos como se o músculo da nuca esticasse suas retinas para o alto. — Certeza?

Certeza. Sexta-feira de inverno. O olhar dela por cima dos óculos. Vê minha cara de turista. La Paloma não é para turistas no inverno, mas o Rutas del Sol não se interrompe. Agora vai me levar a um lugar inóspito — que não parecia inóspito enquanto, bêbada, eu atravessava a Avenida del Navio, na altura da ossada de baleia, acompanhada de L, do meio-irmão dela e de um pastor-alemão preto, carregando um ventilador emprestado até o quarto abafado da pensão, rindo tanto, tropeçando tanto. Ter sido irresponsável e feliz é meu melhor resguardo de passado, é também para onde volto.

Ainda tenho três horas de nada. Deixa eu ficar aqui olhando.

Os ossos naquela época estavam dispersos na frente da prefeitura. Era um esqueleto incompleto de uma baleia-franca, que tornava a paisagem surreal. É a primeira coisa que sempre reparo ao chegar a La Paloma: mas ainda estou no assento 12 do Rutas del Sol, janela, a mala de rodinhas no bagageiro, as coisas mais importantes perto, um pouco aos pés, outro pouco sobre a cabeça. Leve mas consciente dos objetos de que preciso — o cobertor roubado de alguma viagem de avião, o cachecol, o livro, os pertences da bolsa, o pote chinês, o caderno dos sonhos, o creme de mãos, o *sun*, umas bolachas Bridge, uns chocolates Ricard, um pacote de Mentitas, os cigarros Nevada, as marcas que me trazem de volta. O motor que ruge no ponto morto.

Enquanto o ônibus sai de Montevidéu, pela avenida Itália, do centro a Carrasco, passando pelo bairro onde vivi meus primeiros meses, algumas invasões de sol acontecem sob as nuvens e o resto apenas passa diante dos meus olhos. Dá para dormir e acordar, olhar e não pensar em nada, deixar que o ônibus vá, depois pare, e assim saímos da cidade pela Interbalnearia, a estrada que eu vi nascer e que costura todas as pequenas praias dos arredores da capital. Entrando e saindo de Ciudad de la Costa, Neptunia, Atlántida, Parque del Plata, La Floresta, recito as paradas de cor. Quando passamos por San Carlos, pouco depois do meio-dia, reconheço os faroletes redondos da praça principal, a mureta da praça principal, tantas vezes me sentei ali pequena, esperando o ônibus que me levaria de volta ao Brasil, tarde da noite, esperando por um tempo impossível de ser dilatado, e então o gigante TTL aparecendo com o motor quente e a pressa de recolher os passageiros no meio do caminho.

Seguindo um roteiro que pareço levar tatuado como um mapa na pele, não preciso nem ver para saber. Pouco mais de duas horas depois, chego a La Paloma. Desço no terminal, faço algumas perguntas e caminho quinze quarteirões para o Medusazul, o hotel de nenhuma estrela na esquina das ruas Adonis e Apolo, no pedaço que quase gruda no mar aberto. O único hotel de frente para o oceano aberto no inverno, quando o balneário inteiro parece se ocupar mais com a própria vida do que com olhar para os forasteiros.

La Paloma tem apenas três coisas altas: o farol, o reservatório de água e um prédio de doze andares. O resto se estende ao rés do chão, entre ruas que por muitos anos não tinham nome de nada, depois foram batizadas com nomes de planetas, astros, signos, deidades, num espírito anárquico que se parece muito com o do meu próprio bairro, onde Purpurina, Simpatia e Harmonia convivem em quadriláteros de uma alegria desconcertante. No Uruguai, quase toda cidade — incluindo as menores que parecem estar permanentemente em estado de *siesta* — tem sua Dieciocho de Julio, sua Sarandí, sua Treinta y Tres, sua Veinte y Cinco de Agosto, sua Ituzaingó, todas que rememoram grandes acontecimentos. La Paloma parece ser diferente. Grande acontecimento mesmo é estar ali, na Adonis esquina com a Apolo, batendo palmas na porta, sendo atendida por uma mulher desacreditada, que a tudo responde *por supuesto*, ao pedido de vaga para uma noite, uma pessoa, vista--mar. O apartamento de cama de casal e cheiro de cigarro tem um banheiro minúsculo que exige que eu me retorça antes até de escolher qual das louças usar. Mas tem janela, e é lá que eu quero estar. Abro tudo o que posso. Retiro minhas coisas da mala, meus remédios, desembalo o pote chinês da bolsa, desenrosco, pego um punhado e jogo para fora, deslizando os dedos uns contra os outros: o vento faz o resto, e ainda entra um pouco de cinzas nos meus olhos.

Eu não sei fazer isso direito, mas está bom assim. Rio.

Não há nada de solene no gesto de espalhar um punhado de cinzas ao vento. Nem no desafrouxar a tampa do pote chinês. É só um pote. É só uma tampa. Feita a libertação parcial de restos que eu nem sei ao certo se são ou não de minha irmã gêmea (em alguns lampejos eu imagino que deve ter tudo se misturado, caixão, galho, terra, minha tia-avó, pedaço de unha, fiapo de tecido, outros nadas), somam-se movimentos quase mecânicos. Apertar a tampa outra vez. Lançar o pote sobre o colchão projetando-o num lançamento calculado para que caia com alguma suavidade em cima do cobertor grosso dobrado na borda da cama. Nada. Movimentos que se sucedem uns aos outros. Agora fechar a janela. Notar que uma das folhas está emperrada. Fazer força. Perceber que sobra um fio de vento passando, gelado. Respirar. Tirar uma mecha de cabelo que gruda na boca. Afastá-la e repousá-la atrás da orelha, não sem antes assoprar quase cuspindo. Me virar e ver a cama a dois passos e meio do meu corpo. Me assustar com minha própria imagem no espelho de corpo inteiro na porta do armário do corredor. Me jogar um instante sobre a cama feita, cobertor de lã aos pés — pinica. Ficar ali, olhando a luminária grudada ao teto, insetos mortos dentro da cúpula tulipa leitosa, as abas rococós do ventilador. Nada.

Ficar ali é fácil, mas eu sinto fome, abro e fecho portas deixando tudo como está, desço dois lances de escada, esgueirando um pouco o corpo não muito equilibrado, esbarrando nos corrimãos. Já no térreo, persigo o barulho que vem de uma panela de pressão, ficando mais alto, mais alto, chegando, chego. Sinto como se entrasse na casa de alguém pela porta dos fundos, invadindo a cozinha, sem ninguém.

— Estamos terminando de preparar um puchero — diz uma mulher que se parece muito com a mulher que me recebeu na porta, tanto que talvez seja, e é fresca em mim a primeira lembrança de algo que tinha acabado de acontecer. É ela mesma, mas agora tem um cigarro aceso em cima do parapeito da janela basculante, no alto, ao lado dos frascos de tempero. Percebendo o barulho, ela vira o rosto para a porta atrás de si, a porta do hall que liga a cozinha à escada que vai para os quartos.

Chama-se Mirta e está morando no hotel com a filha, Dolores. As duas parecidas nos cabelos lisos, castanhos, os da mãe eram mais curtos, os da menina longos, presos num laço azul. Ambas cuidam do Medusazul na baixa temporada e se dividem nas tarefas: entrar e sair dos doze quartos, limpar de vez em quando, atender quando aparece algum viajante desencontrado, cozinhar para elas duas. Sobre uma das cadeiras há um avental, uma túnica branca. Olho para a túnica um pouco encardida, para o rabo de cavalo da menina, e entendo que o laço pertence à túnica, que é o uniforme de escola. São assim mesmo, eu sei, os uniformes das crianças que estudam em escolas públicas e que as mães engomam no ferro quente sem esquecer da tira de pano azul que depois vira um laço enorme, cobrindo até o início dos bocejos das crianças pequenas naquelas manhãs frias. Eu vou compondo o quebra-cabeça enquanto olho para as coisas, tentando me encaixar nelas. Completam o quadro a mochila semiaberta sobre a mesa em cima da fruteira, um caderno aberto com colagem de recortes de revista, uma lição que devia ser a do dia, a lição interrompida pelas tarefas do meio do dia. Um radinho sobre a bancada de mármore sintoniza *que si me muero sea de amor y si me enamoro sea de vos*

— *y que de tu voz sea este corazón*, é um fiapo de voz da menina, que corta a baguete de pão na tábua de madeira enquanto canta como se ninguém a ouvisse, mexendo um pouco os ombros, imersa na música do radinho, sintonizada ali com o próprio mundo, que no caso era o mundo de Juanes, o cantor colombiano charmoso que talvez entrasse no seu mundo como a imagem de alguém inatingível ou talvez de alguém tão próximo que poderia cantar para ela, só para ela na tarde de sexta-feira depois da escola.

Vou entrando.

A menina, que tem onze anos, nem sabe mas imita a mãe nos gestos da cozinha: pendurado o pano de prato no ombro, a perna direita dobrada sobre o joelho esquerdo equilibrada como uma árvore ou uma ema diante da bancada. Era ver para entender que uma fazia parte da outra. A mãe descasca a fruta, pêssegos mirrados, não era época, mas é a fruta preferida da menina, e quando tem no El Mercadito da Calle Delfin, então vão direto para a bolsa, para ela. Salpica a salada de frutas ainda com laranjas cortadinhas e um pouco de suco. Açúcar cristal, meio amarelado, vidro moído sobre o todo laranja de dentro do pote. Ao terminar, desliga o fogo, o zunido baixando, a panela indo para debaixo da água da torneira, e finalmente aberta ainda dentro da pia: um festival de vapores e cheiros que são cheiro de casa, feito de carne e legumes, e ainda de algo adocicado que parece vir de milhos cozidos. Eu encostada no batente da porta, olhando as duas terminando de preparar o almoço.

— Não queria incomodar — digo, e, ao dizer que não queria incomodar, eu me ouço falando e entendendo o não querer e o incomodar como expressões tão minhas, não queria, eu não queria, eu só queria mesmo era saber... Só precisava saber se há um restaurante aberto aqui per...

— Entre, entre, que onde comem duas tem para três — diz Mirta, sem desviar o olhar para a água de cima da panela de pressão, e continuando: — Dolores, *m'ija*, serve um pouco desse caldo para nossa hóspede. Gloria, é esse seu nome?

Vai explicar que sim, que é, mas que não era, e que era essa uma grande pergunta, simples e pungente, dessas que ouço quando fecho os olhos e o sono ainda não vem, naquela hora de me perguntar: você sente sono mesmo ou precisa se fazer dormir? E de que é feito esse instante em que você se comanda ou sente que é comandado por outras forças que se apoderam da sua mente ou do que está por trás da sua mente, então imagens vêm, e parecem fagulhas, e então você se força a deixá-las passar, mas pensa que vê uma forma, as imagens param, você percebe que é apenas a forma da última coisa que viu antes de apagar a luz, enquanto o abajur faz barulhinhos do metal voltando ao seu estado frio, a resiliência do material que se amolece e alarga com o calor da lâmpada, e depois vai voltando, vai voltando, faz cracs que lembram os sons de pipocas estourando? E era isso que eu dizia para minha sobrinha quando a pequena dormia comigo, quando eu ainda era solteira e brincava de ser mãe dos filhos de outras mães, assim podia ser uma mãe criança, brincando antes de dormir, brincando de acordar, brincando. E, nessa hora do antes de dormir, as perguntas sem respostas, as perguntas que se fazem sozinhas, pairando nas curvas da mente ou do que está por trás da mente, e as rédeas se soltam, e assim se dorme ou você pensa que dorme.

— É esse mesmo o seu nome?

Puchero é um assunto sério. Meu pai faz o melhor, na panela de pressão velha que só ele pilota — a mulher dele nem quer saber, acha que panela de pressão é uma bomba-relógio guardada intencionalmente embaixo da pia. Não fosse teria outro nome. O velho manipula a bomba sem medo, enche de água no olho, joga os pedaços de músculo no olho, o milho inteiro, as cebolas inteiras, o alho-poró, os temperos que nunca sei: sal, pimenta, basicamente? Aquilo fica horas fervendo, a panela apitando, e então o velho abre e oferece caldinho, servido com a concha em grandes canecas, fiapos do alho-poró sobrando, aquela cor marrom de mil legumes, o sabor inteiro da carne, a crença de que aquilo é bom para ressaca, alegria. O caldinho levanta-defunto do meu pai, que me ensinou a não temer o fogo, a acariciar a boca do fogão com o isqueiro já sem gás, pura faísca, até acender-se a chama no gás aberto.

Na caneca de cerâmica o caldo quente espera para ser sorvido, cada sopro forte intercalado com um puxar de lábios suave, para não queimar a boca, salgado na medida, carregado de sabores da terra, batata, cenoura, cebolas, um mundo inteiro fervido, um perfume vital para o estômago, e ainda o calor que vem dele, sopro de uma coisa que entendo como vida. A cada gole, eu sinto que algo dentro reaparece, uma energia alegre, reconfortante, um deixar-se estar satisfeita, a palavra satisfeita fazendo sentido. Disponho a caneca sobre a mesa, ajudando a afastar o caderno e os recortes de Dolores e distribuindo os pratos fundos para as três, com a menina ajudando, sabendo o que fazer.

Os ombros de Mirta dizem coisas que o rosto oculta: para dentro, encurvando um tronco grande, é alta e poderia parecer mais magra se se endireitasse. É como se ela toda estivesse se olhando, seus ombros olhando, para dentro, alçando-se para o resto antes que o resto chamasse por ela: estava pronta para fazê-lo, abraçá-lo, jogar-se no resto. Os ombros olhando seu umbigo. Consigo imaginá-la varrendo, por exemplo, apoiando-se numa vassoura como um mastro para não cair, ou levando a filha para a escola, a mão dela segurando a outra, menor que a dela, caminhando para a frente. Ou sentada na beira de uma cama, amarrando o cadarço dos sapatos. Seu ponto de equilíbrio está à frente, o centro de gravidade deslocado de seu corpo, como um cordão umbilical invisível que ainda não foi cortado, e a puxa, para fora, para fora. Sentar-se é então deixar-se cair porque já não há forças. Só o dia que chama, essa voz que se escuta.

Almoçamos, aprendo então algumas peculiaridades das anfitriãs, da escola número 52 que é onde Dolores estuda, último ano antes de entrar no liceu e virar oficialmente adolescente, do marido de Mirta, que era pescador e vivia nas casas à beira da Laguna de Rocha, na casa deles, na verdade, mas tão fria que esse emprego de zeladora convinha: dava para ficar com a filha num quarto com calefação, o que fazia muita diferença. Ele vem mais no fim de semana, ajuda nas tarefas de manutenção do hotel, depois fica em casa, volta para o mar, fica no mar, volta para casa, recolhe objetos presos às redes e faz peças de arte, madeira talhada, caracolitos, esculturas com metal oxidado que ficam até bonitas, elas contam. Nossa casa está cheia delas. Ouço mas falo pouco, conto pouco. Respondo alguma pergunta sobre o Brasil, os brasileiros, os preços em real, mas não sei responder o que vai acontecer nos próximos capítulos da novela, que agora passava lá, com alguns meses de atraso, e só duas vezes por semana. Faz tempo que eu não assisto a novelas, talvez nem saiba qual é a que passa agora. Penso de gente que pergunta sobre a novela como quem pergunta de uma tia, de um parente, de uma fofoca ainda antes de ser espalhada, de um escândalo, uma confusão. Assuntos, enfim, que unem pessoas, criam conversações, fazem sentido combatendo o silêncio. Uma vez o marido tinha levado Mirta até o Chuí, porque os preços estavam bons, e o Chuí era bom para comprar camisetas e malhas, além de bombons Garoto e *ticholos*, os doces de goiaba e açúcar cortados em retângulos. Eu sei o que são, consigo até sentir a dureza da mordida e como grudava no dente, no céu da boca. A pequena conversa vai bem, mas

    Uma discreta curiosidade paira sobre os pedaços de puchero que vão sendo servidos, no caldo escorrendo da concha dentro da panela de pressão no meio da mesa, no pão dividido, na mostarda escura passada de mão em mão, a menina fazendo careta e preferindo a batata pura, o milho tirado da espiga pelas mãos da mãe. O que eu estava fazendo ali no único hotel à beira-mar, este vento, este frio, os turistas que não estão? Pergunta nunca feita por Mirta nem por Dolores, mas que espero sempre que uma das duas abre a boca, mesmo que só para comer.

    Do lado de fora da minha mente, os fatos vão sendo aceitos com naturalidade, eu sendo a visitante do balneário frio, não se pergunta para quê. Enxergo a minha viagem como uma viagem para trás, por não lugares. Uma viagem para dentro, talvez, fazendo de tudo o que vejo uma composição de passado e presente nos interiores de um hotel vazio, na cozinha quente que contém um desdobrar-se de histórias: as portas atrás da porta atrás da porta, um espaço que nunca seria visto pelos de fora, o espaço íntimo dos hotéis que só se antevê na ponta dos pés quando falta leite no café, ou quando, no meio da noite, é preciso pedir uma aspirina, um pouco mais de água, ou contar que o aquecedor pifou. Há um aparelho de telefone de disco no meu quarto.

    Rádio tocando ainda, *Una rosa es una rosa y es*, todas músicas em castelhano, às vezes uma cumbia, um locutor animado falando de algum lugar da Dieciocho de Julio na capital na programação espelhada para o interior. Mirta troca de estação porque está na hora de seu programa favorito, o *Siesta con la Muchachada*, e o balé de tirar e lavar os pratos enquanto ainda comem o resto da salada de frutas é uma coreografia perfeita, sem esbarrões. Enquanto a menina volta a esticar a toalha da mesa e a redistribuir seus lápis e objetos de escola, Mirta leva seu radinho para a edícula, ou é o radinho que a puxa, passando por um pátio onde há uma cadeira de praia oxidada nas dobras. Plantas bem verdes, uma parreira seca enrolada em hastes de ferro, um sofá-balanço que deve ter ficado no alpendre do hotel, em um verão luminoso, mas que hoje está sem almofadões e permanece imóvel, sem sombra de balanço.

    E agora isso: o que fazer? A névoa grossa vira uma garoa fina, e olhar para a cortina de água se espalhando fica mais fácil através dos janelões da sala do café da manhã, que está com as mesas todas encostadas contra as paredes, uma sala sem a forma constituída de nada, com alguns espaços vazios entrecortados por móveis que parecem fora do lugar. Me esquivo do que encontro pelo caminho e grudo a testa na janela, fico olhando as várias camadas de cinza. Percebo a meu lado uma lareira acesa, sinto esse calor, com troncos e galhos e pinhas secas queimando quase no fim. Noto que Dolores joga mais lenha e que ao lado há um cesto enorme cheio de pedaços de madeira e algumas pinhas. No fogo, coisas que crepitam e silenciam.

    Há naquela sala de estranha configuração, e seguindo os meus passos, essa criança. Que não dorme *siestas* e que parece ter claramente um estrangeiro diante de si: um mundo outro, alguém para olhar e achar diferente: a calça jeans mais justa, que a mãe não ousava, o cabelo desigual e pintado em mechas, que a mãe não deixava, uma bagunça na cara, que a mãe não queria. Brincos por todo o lóbulo de uma das orelhas, que a mãe não conseguiu impedir. *Yo pienso aquel día, lo mismo que ayer, lo mismo será — Tu quieres volver, y no te veo más, tu quieres volver, y no te siento más*, canto baixinho antes que Mirta feche sua porta e as duas nos sentemos nas poltronas do hall. Penso que a hora é boa para mandar alguma mensagem ao Sandor, e fiz assim: "Ainda aqui. Está tudo bem". Não espero resposta, planejo escrever melhor mais tarde, quando anoitecer, quando tiver algo para dizer ou contar. Ainda vejo que chega uma piscadela do tio Elazar, pisco de volta e desligo o telefone. Imagino Sandor perguntando aqui onde, bem como, quando você volta? Penso em ligar o aparelho de novo. Mas vejo Dolores quieta e inquieta, os olhos dela contando.

— Andando daqui dá pra ir até a baleia — diz a menina.

A menina chuta pedras molhadas do cascalho que cobre a rua de asfalto. Parece estar num mundo próprio, circunscrito ao pé que chuta as pedras, a atenção posta na trajetória que elas fazem, mais longe, menos longe, mais quando é o esquerdo, menos quando o direito. Não olha para a frente, como se soubesse o caminho de cor; só para baixo. Eu sigo ao lado dela, abotoando meu casaco e puxando o gorro para evitar os pingos da chuva, que são poucos e finos. Vamos pelo meio da rua, primeiro em direção ao mar, e lá na frente continuamos pela praia, numa orla que não segue em linha reta mas que responde aos caprichos sinuosos das dunas. Um farol. O farol cresce à medida que caminhamos, vendo tudo e todos — ali o deserto de areia, ali o cinza do mar misturado ao cinza do céu, ali só as duas, em um estranho caminhar junto entrecortado pelas tais pedrinhas, por perguntinhas, pelo olhar para a frente avançando.

Você tem filhos? Não, ainda não. Você é casada? Sim, quero dizer, não, mas sim, sim. E por que você não tem filhos? Ah, porque não deu ainda, fiz outras coisas, mas agora é que atinei para isso e... Tento de novo: Eu não tive filhos porque fiz tudo meio errado, e quando eu fui ter ele morreu. E de novo: E aí quis ter de novo e não podia mais.

— Você veio pra cá porque ficou triste?

— Sim, foi mais ou menos isso.

— Eu também às vezes respondo mais ou menos, mas quase sempre quando quero responder sim, mas o sim não é inteiro.

— E quando o sim não é inteiro?

— Quando o não não tem certeza! Por exemplo. Hoje na escola o meu amigo me perguntou se eu queria metade do lanche dele e eu na verdade já não queria mais comer, não tinha mais fome, mas achei legal ele falar, e eu gosto do jeito que a mãe dele faz o sanduíche, mas eu já tinha comido o meu lanche, e ainda tinha um alfajor, e isso era um não, mas eu queria dizer sim, porque era o meu amigo perguntando uma coisa boa, e então eu disse mais ou menos!

— E ele achou que essa era uma boa resposta?

— Ele falou que mais ou menos não era resposta pra quando a pergunta pede um sim ou um não, daí eu disse que era melhor que dizer um sim que significava não ou um não que significava sim, entendeu?

— Esse é um bom raciocínio.

— É, eu acho que sim. Mas ele achou que não e falou que eu era muito complicada, que o sanduíche não tinha mais ou menos. Por exemplo, que não podia ser mais ou menos gostoso nem mais ou menos de queijo.

— A-há! E o que você disse, então?

— Eu não disse mais nada. Nessas horas, quando ele fala algo dizendo que eu preciso entender, digo que ele tem razão e a gente muda de assunto.

— Não é aqui? Acho que chegamos.

Dolores levanta a cabeça e corre até a ossada da baleia. Pisa numa poça, nem vê. Passa pela corrente, abaixa a cabeça para não bater na aleta, se esgueira entre uma costela e fica ali, segurando-se aos ossos e balançando o corpo suavemente, até que se senta, no meio, perto de onde esteve um dia o coração do bicho.

— Vem! Aqui a gente pode brincar de morar dentro dela.

Discordando mais ou menos, já não chove, sento em uma mureta que cerca um canteiro de flores, todo adornado, em volta de uma palmeira alta de butiá, um coquinho que dá muito aqui. Olho para as poças habitadas por pequenos seres, mosquitos tentando escapar, formigas aquáticas, ali talvez um girino. Petúnias, cactos, matinhos, gerânios estão plantados ao redor dos ossos, como se eles fossem um imenso monumento em torno do qual se agita a avenida e pulsa a cidade, ou deixa de pulsar, La Paloma se deitando para uma *siesta* sem ter hora para acordar. O comércio está fechado, exceto por um restaurante que também é bar e padaria, Lo de Edinson. Ainda atendem umas duas mesas, dá para ver.

Há algo de estranho nas poucas pessoas que caminham pela calçada, uma suspeita disfarçada enquanto atravessam a avenida, olham, passam e seguem, com destinos todos definidos — para onde vão elas sabem, o que as espera, que hora era, e de fazer o quê. Um homem magro puxa um carrinho com um botijão de gás. Outro, gordo, apressa o passo com as mãos no bolso do casaco azul-marinho, tremendamente normal. Uma mulher fala sozinha, fazendo gestos de não e de sim com a cabeça. O casal sai do carro sem trancar a porta. O estranho somos nós, fazendo de um esqueleto de baleia um lugar nem sim nem não.

Olhando de fora eu me vejo presente, tanto quanto os demais pareciam estar, mesmo que escorregadios, escapando-se das calçadas, e essa é uma sensação boa, a de estar, e então a beleza de um dia nublado qualquer, e que nada disso importava tanto quanto sentir a bunda gelar por causa do úmido da mureta, quanto estar sem precisar sair, quanto ir sem precisar voltar, depois a calça seca. Dolores fala sozinha, uma cantilena de criança que se comunica com seres invisíveis enquanto se distrai. Eu me reconheço na criança que inventa um mundo entre dois pedaços de madeira fincados no chão na beira de um jardim gramado. Em volta da pequena, o resto enorme: as estacas servem para demarcar o limite de um terreno e a rua, levemente inferior. Observo Dolores quase de cócoras, juntando pedrinhas e folhas que ela dispõe em alguma ordem que parece lhe fazer sentido. Uma imensa rocha, ali uma arvorezinha, ali um caminho que segue até uma gruta, feita de blocos de pedra desiguais mas que se encaixam. Dolores organiza o mundo. Me vejo correndo para dentro de Toujours pedindo a Yanina que me desse um pote de vidro, fizesse furos na tampa de metal para que o vaga-lume pudesse respirar e então construir uma lanterna. Desde aquela época eu imaginava minha irmã loira, de cachos soltos. E se eu queria ser como alguém, que fosse como ela, com quem eu conversava, para quem eu fazia a lanterna de vaga-lumes e deixava parte da comida no prato.

Dolores fala agora que é a filha da baleia, e que não quer nascer porque lá dentro está quentinho. Parece agora um pouco mais velha.

— Você sabia que quando o filhote de baleia nasce ele já sabe nadar?

As águas frias de La Paloma, aquele lugar, ainda mais frias para dentro do oceano, e lá os imensos corpos mamíferos se movendo dos cantos do sul para os do norte, fazendo as travessias necessárias, seguindo os ritmos, manifestando-se através de sons, ondas suboceânicas que chegavam aos outros ouvidos sensíveis. Ninguém sabia ao certo o que tinha provocado a morte dessa baleia em particular. Cinco anos atrás, ela apareceu na praia, sem nenhuma marca, nenhuma ferida ou golpe. Tinha perdido seu sentido de localização, talvez por uma lesão nos ouvidos. Morreu confusa, se foi isso mesmo. Foi enterrada e, assim que se puderam adivinhar os ossos limpos das carnes, desenterrada. Um artesão da cidade os recolheu, um a um, limpou-os, juntando-os no quintal de sua casa. Conseguiu que a prefeitura o auxiliasse, e montaram o esqueleto com a ajuda dos estudantes da faculdade de biologia da cidade de Rocha, a maior das cercanias, a capital do departamento. Era um orgulho para eles ter a baleia ali, um fantasma de ossos brancos, um som que deixou de ser produzido mas que ecoa.

— Teve um funeral, ela passeou do porto até as dunas, carregada num caminhão, mas eu era muito pequena e não me lembro.

As coisas que as crianças esquecem, as crianças que envelhecem.

Uma baleia pendurada na parede foi o primeiro quadro da nossa casa. Tinha sido presente do Sandor ainda nas primeiras semanas do nosso namoro. Talvez dias. Ao redor dela nadavam peixes, perto da boca, desses desenhados à mão que parecem um oito com uma das partes cortada ao meio, e cobertos por escamas em forma de três, vários desses três em sequência. O dia em que ganhei um quadro de uma baleia e ele significou amor, e que amor significava vai dar certo, era uma profundeza cercada de outra, era um saber para onde ir e entender o ritmo do outro. Como estar diante de um aquário imenso, rindo, em total harmonia com o entorno azul, os corpos flutuando, sem gravidade, a total falta de gravidade, leves, indo e vindo, silêncio, as ondas submersas de som em frequências que ouvidos preparados por milênios estavam dispostos a ouvir, as reações lentas, a tinta do polvo se espalhando para significar medo, o peixe escapando do cardume querendo dizer sozinho, e voltando pro cardume mudando de ideia: juntos. Ninguém nadava contra a corrente.

E daí acontece:

Você compra um bilhete em direção a um lugar onde deseja estar. Você marca o dia, sabe quanto vai demorar a viagem. Você se programa, se organiza internamente, deseja que o lugar chegue mas sabe também aproveitar o caminho. Você fez as malas direito, não esqueceu de nada. Você é bom nisso. Olha pela janela a paisagem se transformando: o que era hoje não é mais a mesma coisa amanhã, e assim você viaja. Quando chega, no entanto, o lugar não era o que você imaginava. O piloto perdeu o mapa de voo, o ônibus desviou da cidade pretendida, e você se vê desembarcando, e não tem motorista para reconduzir a rota. Você está só e nada tem semelhanças com o lugar aonde você queria chegar. Os demais passageiros se encaminham a lugares que você desconhece. Todos parecem saber como se mexer. Você procura nos seus fichários algum sinal, um cipó ao qual se segurar, mas tudo em volta são árvores sem cipós. Você está no meio da tirolesa parada e não há movimento que te leve para uma das pontas. Abaixo de você, as copas das árvores. Você se encorajou o suficiente para se jogar na tirolesa. Você aprendeu o que deveria fazer e pensa ter feito tudo conforme as orientações que recebeu. Você no abismo. Você procura uma porta que escondesse um estar, você procura o acolhimento, alguém que te receba ao menos com um chá e que te ofereça um abrigo — ao menos que recomende um abrigo. Você queria só um abrigo. Podia ser um abrigo simples, mas precisava ter alguma segurança, essa de dormir sabendo que pela manhã ninguém vai roubar o pouco que tem, suas poucas coisas que ainda contam, em segredo, que você é você. Você queria apenas chegar e se sentar e olhar em volta e achar bonito. Você procura o bonito agora e não encontra. Alguém disse: vai, mergulha, que não tem beleza maior que a das profundezas do oceano. Você gosta dos clichês como o das profundezas do oceano e acredita que eles existem como uma palavra só. Você decora a sequência de respirações e movimentos a fazer, você se deixa levar. Você se inquieta ao começarem as dores de ouvido e pensa que lágrima na água salgada ninguém vai perceber mesmo e chora e faz sinal para subir quando o instrutor entende que você está curtindo muito. Você insiste e esquece e aponta para cima e isso queria dizer subir. Você espera sozinho no barco os acompanhantes voltarem com cores e formas que ninguém explica como são mas só dizem que indescritíveis. Você queria o indescritível.

Você quer devolver o bilhete e comprar outro, mas os guichês estão fechados. Você quer pedir ajuda mas da sua garganta não sai voz, e quando sai é um fiapo em outro idioma. Você queria que a essa altura pudesse apenas chegar. Você chega e descobre que chegar é começar tudo de novo, como se fosse a primeira ameba que se formou no grande lago primordial, sem ter pedido. Você pensa que essa primeira ameba não pediu para se formar e imagina o que teria acontecido se suas células tivessem permanecido desunidas na grande geleia. Você queria ser uma geleia para finalmente fazer parte de um todo. E não entende os sinais, e mal entende os seus. Você está sozinho na estação de trem e os bancos estão vazios porque é noite. Você procura seu navio, mas o cais é pura água. Você procura a praia, mas só vê areia e nada de mar. Você queria sua casa e não sabe mais onde fica a sua casa. Você olha para o seu corpo e se sente só com ele, e ele não te abraça de volta. Você se vê só.

Procuro e Dolores havia subitamente se desinteressado da grande ossada, está quieta, eu me sinto chata, mais olhando que fazendo, mais pensando que falando, uma companhia realmente pouco interessante. Resolvo propor uma mudança de assunto, tinha um mar lá na frente, e acho boa a ideia de ir catar concha. Dolores parece boa de aceitar e topa na hora. Eu penso filho e me vejo mãe. Eu penso outra e posso ser eu mesma. Eu penso Dolores e são minhas as dores.

Mirta já está acordada quando voltamos do passeio. Ela prepara um mate e esquenta fatias de pão no tostador de alumínio posto sobre a boca do fogão, em um ritual que parece fazer sem pensar, deixando-se acordar do sono rápido do meio da tarde. Perco a menina para o cheiro das torradas: ela voa para cima do fogão — eu teria feito o mesmo, deixado a estrangeira que era daqui, a conterrânea que era de lá, esse ser que não diz direito a que vem e que faz perguntas olhando o vazio. Desinteressa-se, pegando um prato e postando-se em espera, de olho no naco de manteiga já desembalado no mármore da pia. Mirta nem tinha se virado ainda para a porta quando subo ao meu quarto: ainda havia uma noite pela frente, talvez outra caminhada entre a névoa baixa, o planejamento de amanhã. Quem sabe pedir qualquer *minuta* no Lo de Edinson, ou jantar com as duas mulheres do hotel, ou não jantar e dormir sem comer, planejar o dia seguinte, não fazer nada. Todas opções que se parecem: então viro a maçaneta de ferro com força, desemperrando uma das águas da janela pesada de vidro para pensar em algo melhor, dando um basta. Pego mais um pouco das cinzas de Gaia e sopro, um dente-de-leão imaginado, fazendo um pedido só: decidir o que fazer.

    A ponta dos meus dedos fica manchada — o que me faz esparzir o que resta, tingindo-os ainda mais de preto, e vejo que tenho dedos, e lembro que tenho pés, e assim absorta nas extremidades, qual um bebê descobrindo as suas pontas e ficando nelas, em torno delas o seu universo, me sento, tiro as meias e inicio o prazeroso rito conhecido: cutucar a pele grossa que se forma entre os dedos e a sola do pé. Um calo, sempre no mesmo lugar. Cutuco o calo com a unha curta até sentir que a pele se dobra em um pequeno filé. Se continuar puxando firme e delicadamente, ele pode sair maior, arrancando-se da sola ainda carnudo, destacando-se como parte que sobra. Sinto que, se eu for amaciando esse pequeno pedaço de pele, em um puxão seco ele vai se soltar. Adivinho. Levo-o à boca, um pedaço morto de minha própria pele, talvez sujo, que sabe a nada, que tem consistência de goma. Meus dentes mordem e o amassam, resiliente, voltando a sua forma de filé cru e insípido, que então se divide, em um pedaço ou dois, sem sugo, sem sangue. Esse novelo de restos eu cuspo na lixeira do banheiro, que termina encoberta por dois ou três papéis sujos, escondida a sua cor de carne bege sob o úmido dos papéis. Sem rastros. Volto à beirada da cama e miro o calcanhar, gordo em suas calosidades, duro, áspero. Começo o mesmo jogo, o de puxar daqui e dali até subir à tona o filé de carne morta. A unha do dedo da mão aqui parece incapaz de fazer o corte e decido recorrer aos instrumentos: a tesourinha de ponta arredondada que carrego no nécessaire e que enfio na carne sem sentir dor, pensando como será possível enfiar uma ponta afiada num pedaço de mim mesma e não sentir nada, a lâmina atravessando e saindo do outro lado, com força, os cortes sendo feitos, cortes grossos, ainda sobrando pé por baixo deles. Não sinto nada. Cada pedaço à boca.

No meu telefone apita uma mensagem do meu irmão. Pergunta se está tudo bem. Respondo que sim. Pergunto se aconteceu alguma coisa. Ele me diz que não, que era só para saber. Ainda sobra um dos dedos, o quarto dedo, aquele que vai quase rente ao chão, espremido entre o médio e o mindinho, a aberração gorda de unha mínima. Os meus sempre se encavalam, e não raro a unha do quarto dedo cresce mais que as demais, o que gera um destaque semanal desse dedo sobre os outros: e ainda a pele que sobra, possível de arrancar sem dor.

Já não uso a boca nem meu corpo elástico, como na infância.

Sinto o pé latejando, reticente, pesaroso pela pele morta que o encobria, sua veste de couro, a proteção. Nunca será liso outra vez. Mesmo que raspe e raspe e raspe, com força de mil homens na lixa durante o banho, quando deixo a calcinha preencher o ralo e sobe a água da banheira enquanto o chuveiro termina de enchê-la de água morna, e espero no escaldar desprenderem-se os pedaços que nunca foram cortados, e assim amolecerem para sumirem sob a lixa grossa: nada, quase nada melhora. O pé termina mutilado, cansado, eu de certa forma satisfeita e tranquila, enquanto mil células epiteliais trabalham para voltar a produzir a sua carapaça dura, cada vez mais dura. Nunca imaginei que viria a ter um calcanhar tão grosso, que me intimidaria de encostar o pé no pé de Sandor e sentir o dele mais fino que o meu, e é por isso que eu sempre durmo de meia.

    Ato contínuo, a culpa. Acaricio meu pé como pedindo-lhe desculpas, o que dura pouco, pois o lanço para longe do meu corpo e do alcance do meu olhar, como se pertencesse a uma outra pessoa. Partida em dois, tento me afastar de mim o mais que posso: esticando-me ao máximo, quase tocando a cúpula de vidro do lustre que se pendura sobre a minha cabeça. Quero me arrancar de mim, sair andando sem meus pés, e então imagino o mundo se reduzindo a este quarto, eu sem nenhum tipo de apoio, encosto, chão nem parede, esticando cada segundo um milímetro a mais, até a hora de me libertar do corpo e poder viver. Livre. Só.

    — Um dedinho na garganta. Não precisa ir até o fundo nem provocar o vômito

    Escuto essa voz aqui, daquela amiga mais velha que a Beatriz quis que eu conhecesse, que ia me fazer bem. Ela lê a mão, lê as cartas, não custa nada a gente dar uma espiada no seu futuro, só para acertar o passo. Beatriz me levava nas coisas pela mão e eu confiava porque ia de mãos dadas com ela. Teve um dia então que fomos, e era uma quitinete no centro, e todas as armas estavam dispostas sobre a mesa: cartas de tarô, moedas do I Ching, pêndulos, cristais. A velha senhora leu a minha mão, e resumiu assim: Você não queria nascer, você tinha medo. Você só teve uma irmã gêmea para receber uma ajuda ao nascer. Ela respirou todo o ar da quitinete, olhou bem para uma das cartas e previu uma tempestade, algo que descreveu assim: Não há nada que você possa fazer.

    Agora eu só ouço essa voz e lembro da receita contra angústia: um dedinho na garganta, ela mandou. — Basta apenas deixar vir aquele azedo e sentir o gosto. Fica com o gosto.

    Encaro o vaso como um túnel, uma passagem, ou simplesmente o que é: um buraco cujo fundo não alcanço ver, cheio de água. Me ajoelho no chão frio, seguro a louça com a mão, levantando a tampa. Quase tudo muito limpo, incolor, mas nem se estivesse sujo. Respiro, fecho os olhos e vou, contrita, repetindo o gesto conhecido, mas estranho, às avessas. Provoco o espasmo, meu corpo querendo expulsar primeiro apenas o dedo, que toca o fundo da goela mais uma vez, encostando no mole da garganta, nas paredes da faringe. Outro espasmo, meus ombros para dentro, meus olhos espremidos, meu rosto amarrado em um nó na ponta do nariz, um fio de baba pendurado da garganta, teia de aranha que se desfaz depois de grudar no dedo que encosta nela. A saliva grossa que não cai e fica suspensa num fio reto e gosmento. A mão que se enlaça por esse fio. A vontade de enfiar a mão para puxar alguém de lá. Prendo o cabelo num coque que se segura nele mesmo com seus fios oleosos de cabelo por lavar, que tinha se molhado com a chuva fina, que não tinha secado direito e que além de tudo coça. A plena consciência de que a cabeça coça é quase um alívio para uma cabeça que se volta para si procurando motivos e causas. Encontrando nada de volta, como aquele dedo que vai e vem para dentro da garganta. Evito colocar a mão, desejo colocar a mão, o corpo no espasmo, os ombros para a frente, a cabeça pesando, o abraço a um vaso, o senso do ridículo indo e vindo na mente, o quase patético. A insistência e o vômito que não sai. O fracasso de uma medida tão simples. Então o cansaço, deixar o corpo pender para um lado, recuperar a dignidade.

Ainda pego o celular e mando uma mensagem para Elazar: Você pode vir? Hotel Medusazul. Me enfio na cama, de roupa, meia, sob os cobertores pesados, pensando que do peso virá o calor, e ele vem, e tudo fica em paz sob o manto silencioso da noite.

Mas não. Porque o escuro, porque os sons. Porque há desenhos de luz na parede, e eles se movem. O vento que balança as espadas-de-são-jorge secas que trepidam na frente do farol da rua. O carro que passa, esmigalhando pedras, estranho, e por que passaria a essa hora. Seria o pai de Dolores? O barulho do carro que some, o silêncio pesado no lugar. Para onde foi? E agora passos, mais pedrinhas sendo pisadas e um som concomitante: duas vozes, quase juntas, e intercaladas, e juntas, e silêncio, junto e intercalado. Por que não ficou? As luzes na parede balançam ao som do vento nas espadas gigantes, o vento aumentando, o motor da geladeira, uma porta que bate, o silêncio, uma onda de calor, o silêncio, a noção inexata de que dia era hoje, do que devia ser feito, de tudo o que fiz, a moça da rodoviária. Tinha algo de estranho na mensagem do meu irmão. Mas é tão pouco tempo ainda, anteontem, por que dar por minha falta agora, será que meu pai, será que. Talvez eu tenha pulado um dos remédios, me sinto como se flutuasse, o que aconteceria se não houvesse remédio para equilibrar a química do corpo. Está vindo uma palavra agora, dendritos, mas me escapa o que significa, algo que saía dos neurônios e que também faz parte de mim. O que eu sentiria não fossem as pastilhas de todas as cores? Não sinto muito. Preciso decidir o que sentir. As luzes na parede, o vento lá fora.

Eu queria ouvir o mar, que está tão perto.

E isso é um sentimento. Então me levanto, tateio a mesa de cabeceira, encosto as costas na parede fria, passeio com a mão até encontrar a porta do banheiro, salto para a parede de novo, procuro o interruptor, que aciono, e vejo uma outra no espelho, que se parece comigo mas é outra, um quadro sujo, uma sombra. Diz-se dos gêmeos isto: que não se reconhecem no reflexo de si mesmos. Eu sempre andei acompanhada de outro alguém, talvez por isso estranhe e desvie das vitrines e de alguns vidros: para não me perguntar como é que eu estou.

A primeira coisa que me surpreende, um espelho. Como se encontrar a mim mesma em pedaços brilhantes de parede me fizesse ver partes do meu corpo, ângulos que desconhecia. Assim descubro que não sou quem eu penso; que, habituada aos reflexos cotidianos, sempre enviesei, a perna direita levemente à frente, afinando o quadril. Que o largo dos meus ossos nunca fica de frente, que a dobra do queixo, que me estico sem perceber e me olho apenas de mirantes que fui construindo com o tempo. Quando me vejo de relance desde um ponto desconhecido, descubro uma mulher mais larga, mais velha, mais torta. Com mais pintas do que pensava, mais branca do que pensava, com vermelhidões que se escondem na penumbra do meu quarto. Não mudo espelhos de lugar, me guardo nos mesmos quadros que projeto para sempre, por algum tempo. Ao saltar da cama pelas manhãs, me vejo de frente e em seguida rodopiando para a esquerda ou para a direita, e a partir de então desapareço, para voltar a me ver na frente da pia ou em alguns retalhos que aparecem no topo da cristaleira, no fundo do armário.

Aqui, no entanto, os cacos de mim formam uma mulher que me assombra.

Suando gelado, refresco o rosto salpicando-o com água fria, que aquece enquanto a torneira pulsa, aberta. Minha mão não percebe o calor que aumenta, mas se satisfaz com a sensação de molhado. Afrouxo minha roupa por dentro, alargo a gola, jogo o pescoço para trás e me mareio, o espelho gira. Sentada no vaso de tampa fechada, percebo os azulejos e faço contas: de par em par, pulando o do meio. O tempo passa na amarelinha que invento na parede, suando frio, enjoada por dentro, engatinhando de volta para a cama, a luz acesa. A paz de um quarto branco, sem pinturas, longe, muito longe da esquina das ruas Adonis e Apolo. As espadas-de-são-jorge secas que arrulham. No fundo, lá no fundo, o murmúrio do mar somado ao vento, escuto.

Quando acordo já é dia, meu telefone a zero de bateria, o relógio marcando três horas da tarde. Percebo uma intimidade desproporcional em relação àquele quarto pequeno e simples, como se já o conhecesse há muito tempo, não só por reconhecer meu cachecol jogado ali, minha mala no canto, meus frascos de viagem. Como se eu tivesse ganhado o direito de pertencer àquele espaço, sentido cada palmo daquele chão, reparado em cada uma de suas quinas. Cumpro alguns rituais e desço, está Dolores fazendo seu dever de casa na mesa da cozinha, a mãe lá dentro, dia claro, tão óbvio, uma promessa de primavera assomando pelas janelas do Medusazul.

— Acordou? — ela me pergunta, e por conta da pergunta e do lápis que cai sobre o caderno eu percebo que Dolores percebe que já estou pronta para ir embora. Na porta do Medusazul, um Fiat 600 vermelho que eu logo reconheço, ali parado. É o mesmo, é o de sempre, o carro chapéu-coco sobrevive, é de Elazar, que está no salão do *desayuno*, sentado à mesa coberta de cadeiras viradas para cima. Ele termina o último gole de café, joga o cigarro ainda aceso dentro da lareira, sobre a lenha apagada e as cinzas que se desprenderam do último fogo, e me olha subindo as sobrancelhas grossas, demonstrando que está pronto, como se não houvesse nenhuma outra coisa a fazer, nenhum momento melhor, nenhuma pressa. Lá fora o fitito tranquilo, suspenso no tempo.

Me despeço de Mirta, que sai das louças da pia e me oferece um *bizcocho* doce polvilhado de açúcar cristal e recheado de geleia. Com a boca ainda cheia, prometo a ela que voltarei uma outra vez. No verão, sim. Você precisa voltar quando isto aqui não estiver tão morto, ela diz, aceitando as notas de reais pelas duas diárias. Quem sabe São Paulo, eu digo. Nem morta, Mirta responde antes de eu terminar a pergunta. Dolores olha para meu tio, olha para mim, pergunta para a mãe por que eu preciso ir embora, eu queria mostrar minha escola pra ela, eu queria m..., e ela corre para a edícula e volta de lá com um colar de conchas da praia: um fio vermelho unindo conjuntos de conchas em volumes sonoros, separados por nós, longo. No meio dele, uma miniatura de sereia talhada em madeira, decorada com resina e areia, em forma de pingente. — Foi meu pai que fez, tenho várias. — Ponho o colar, chega ao meio do meu peito, abraço Dolores alçando-a uns centímetros acima do chão, ela me diz que ficou bom e que eu fiquei bonita, eu agradeço e digo que bonita é ela, e ela me pergunta se eu quero dizer não quando digo sim, e eu rio e digo que o melhor era não pensar muito. Então pego um cartão do Medusazul entre os vários que estavam acima do balcão, ao lado da campainha sino de mesa, guardo o cartão no bolso do casaco, como quem não aceita apenas ir embora e quer cumprir algum ritual de despedida que se pareça com até um logo mais. Toco a campainha, sempre quis ter uma dessas.

Seguimos Elazar e eu juntos pela estrada, parte de terra, parte asfaltada, até virar de terra outra vez, adentrando uma grande área de dunas com casas esparsas, muito baixas, algumas feitas de contêineres, de vez em quando uns matos rasteiros e alguns moinhos de vento. As ruas se chamam assim: Primeira Entrada, Segunda Entrada, Terceira Entrada, como se ainda não tivessem recebido nome. Deixamos o carro em silêncio e seguimos caminhando pela estrada de cascalho, passando as dunas, até a faixa de areia e o mar da pequena praia de Santa Isabel, a mais selvagem, com ondas desobedientes que parecem estar gritando: eu sou como eu sou, eu sou como eu sou.

Elazar tem nas mãos o pote de cerâmica chinesa; eu me encolho no casaco e sigo adiante, enfrentando com a bota pesada a camada de areia úmida que esconde a areia fofa.

— Vai, Pinpinela, sua vez — ele me diz, parando em um ponto qualquer, de onde não se vê nada além de branco e azul, a areia começando a afundar em direção ao mar, em uma descida molhada pelo rebentar das ondas. Sem pensar, desenrosco a tampa e sacudo o pote para os lados, em um movimento inútil que não provoca efeito algum. Mexo para cima e para baixo, e então o pó cinza sobe e desce, fazendo-me esfregar a mão de novo para espalhar direito o que tinha caído sobre os meus dedos. Faço um gesto final: lançar o que resta com um grande movimento aberto e circular. Quando termino, o pote está vazio.

Será que a Gaia iria poder ter filhos?

Ao entrar de novo no fitito, me encolho como se estivesse entrando em um ovo vazio, apenas a casca fina em volta. Entra vento pelas frestas das portas, dos vidros e do quebra-vento de borracha frouxa. O porta-luvas se abre sobre meus joelhos, deixando escapar sacolas de plástico, tabaco e contas amassadas de supermercado. Reacomodo tudo e bato com força, restabelecendo certa ordem delimitada pelo som. O banco é tão curto na altura dos meus ombros que me força a manter as costas bem eretas. Nada atrás da cabeça, que sobra sem recosto nem apoio. Não puxo o cinto de segurança, cadê mesmo o cinto de segurança. Experimento a sensação de andar solta, como criança, que era tão boa. Meu tio sintoniza o rádio de apenas dois botões na Navegantes FM 94 punto 1, agora o locutor fala em cima da música, mas não consigo ouvir direito, ele manda cumprimentos para várias pessoas e o nome da rádio se repete em forma de ecos. *No vuelvo nunca más porque he perdido todo el tiempo nada más contigo, porque te di mi amor, pero vas a llorar cuando te duela el alma... El dolor, muchacha, tu mentira, este vacío inmenso, no lo merecía...* Pesco partes ... *Todo este dolor se queda en el olvido...* Pergunto para Elazar:

— Mas como foi que você conseguiu pegar as cinzas da Gaia?

— Puxei a tampa do túmulo, entrei lá embaixo, abri a urna e peguei o pacotinho.

— Mas podia fazer isso?

— Não.

—

— Mas podia trocar os nomes?
—

A sessenta por hora, o fitito vai pela Ruta 10 até onde dá, para no posto da Ancap na entrada de Rocha porque esquentou o motor e não era nada, continua pela Ruta 9 até onde dá, depois avança pela Interbalnearia com elegância, sem temer os carros grandes, mais velozes, que o ultrapassam. Ele não passa nunca de sessenta e não se intimida com a fila de outros carros que se forma atrás. Alguns passam buzinando, não se sabe o que expressa essa tentativa de comunicação entre os automóveis, quero crer que simpatia, mas pode não ser.

Elazar puxa outros assuntos, fuma dentro do carro, me oferece pastilhas de menta, e daqui a pouco volta a ligar o rádio na hora do programa *John, Paul, George y Ringo* da Emisora DelSur 94 punto 7. Não perco por nada, ele diz. A gente ouve: Os senhores sabiam que *Please Please Me*, o disco inteiro, foi gravado em apenas um dia? Eu não sabia, Elazar não sabia. *Por favor, compláceme*: Nove horas e quarenta e cinco minutos, senhores! Caramba. *Treasure. Words. Gether. All. Ever.* Avenida Italia ou vamos pela *rambla*? Vamos pela *rambla. Siempre. The world is treating me bad...* Na sua próxima volta o cassino já vai ter sido reformado. *Misery!* Lembra quando eu te levei para trocar dinheiro, você quis apostar uma vez só e saímos de lá com quatrocentos dólares? *The only one, the only one.* Elazar batuca o volante fino, já passamos o velho gasômetro, passamos por trás do Solís e ele me deixa na Reconquista, subindo o fitito vermelho na calçada. Uô u o-ô *closer*. Me sinto mais leve. Tchuraru. Na mala as roupas voltam engruvinhadas. Tchuraru. O frasco está vazio. O pote de cerâmica eu levo de presente para o velho. *I'm in love with you.* Uuuuu. Ele vai achar graça.

Chego, apenas chego.

    Passo pelos policiais da alfândega com algum receio de que me parem e perguntem o que é e o que contém o vaso chinês de porcelana dentro do saco plástico que carrego apoiado na mala de rodinha e amarrado na alça por meu lenço colorido. Que estranhem, me parem, o abram e sacudam, que escorregue de mãos alheias, que o façam passar pelo raio X, que se quebre. Que vejam que não é nada. Prendo o ar, penso que talvez dessa vez eu deixe de ser a única pessoa que conheço que nunca foi barrada interpelada questionada em uma alfândega, como se fosse invisível. Sorrio para quem não me vê.

    As portas automáticas se abrem e eu queria me sentir em casa.

    Olho as pessoas que carregam placas com nomes de passageiros que podem ou não ter estado no meu mesmo voo, como saber. Cruzo meu olhar com um desses homens de placa na mão, ele abaixa de leve a cabeça e dá um pequeno passo à frente, como se sua espera tivesse terminado e Mrs. R. Medvedev já estivesse, finalmente, sob seu salvaguardo. Eu quase digo entre os dentes, essa pessoa não sou eu, me desculpe, perco os olhos do homem e me afasto em direção ao ponto de táxi.

    Aviso que estou de volta no grupo de celular que reúne minha mãe e meus irmãos e que chamamos ainda de Navidad, resquício da organização de um Natal passado. Minha irmã diz bem-vinda. Meu irmão imita minha irmã e diz bem-vinda. Minha mãe diz bem-vinda também, e não me telefona. Ela sempre ligava querendo saber se houve turbulências, se gostei, como estava o tempo e quando vamos nos encontrar, ou que eu definisse a viagem em uma palavra — estratégia mais recente. Mas foi aprendendo com minhas respostas curtas e evasivas que existe esse pequeno lapso que se estabelece entre corpo e alma depois de um voo, que um chega depois do outro e há de se respeitar esse intervalo, que só se cura chegando ao quarteirão da casa sentindo algum cheiro familiar, pode ser o de grama, pode ser o de chuva, pode ser o de alguma flor escorregando para a rua ou dos restos da feira, abrindo a porta, desfazendo a mala, abaixando as persianas e deixando o corpo descansar, o fuso se ajeitar, a alma ir entrando aos poucos. Ela também é assim. Daqui a pouco eu ligo, saber se tudo anda bem.

    Primeiro o velho. Elazar manda uns recados. Trouxe tua farinha de fainá. Tenho uma surpresa. Encontrei na San Roque teu talco preferido. Reconquista estava linda. Deixei tudo bem-arrumadinho. Vamos ver se a gente vai nesta primavera? Queria passear com você, ir àquela peixaria do faro de Punta Carretas, tomar uma uvita no Fun Fun, passar uma tarde no Maroñas. Você me ensina a apostar nos cavalos?

    Toca e o velho não atende o fixo. Estranho. Nem adianta tentar o celular, que nunca está carregado nem perto dele. Deve estar no supermercado, penso. Devem ter ido jantar fora. (Mas é cedo.) Continuo aceitando o trânsito, o ar-condicionado forte de mais, o inverno frio de menos, o rádio sintonizado na estação de música lenta, a vaga para visitantes ocupada na garagem, os jornais empilhados do lado de fora, a geladeira quase vazia, a orquídea morta, e me aconchego na cama feita. Não durmo, mas respiro, me levantando rapidamente para fazer os rituais de chegada: as coisas fora, as coisas dentro, a máquina de lavar, e, assim, ocupada, consigo ouvir o que meu irmão tem a dizer.

    O quadro é o seguinte, ele me diz: papai estava com dor e incomodado. Depois da alta, não passou nada bem. E hoje cedo ele pediu: vamos lá no pronto-socorro? Passamos o dia, ele está tranquilo, deixando-se examinar por todos os lados. Do pronto--socorro foi para um quarto, é lá que ele está. Achamos que o mal-estar é um efeito colateral da quimio. Mas logo na segunda sessão? Então, na sexta ficou só no soro. E no pronto-socorro disseram que era melhor ele ficar em observação e sob cuidados, Mas o que vão fazer? Investigar o que pode ser a causa desse mal-estar que ele teve, não dá para saber quando vão liberar.

Tá bom, tá bom, quem dorme hoje? A Nara pode até amanhã à tarde. Putz, amanhã o Sandor chega, melhor ficar em casa, na quarta tenho uns exames mas dá pra ir depois do almoço. Tudo bem, vou ver aqui, qualquer coisa te falo. Tudo certo lá?

É mais ou menos como aceitar que existe uma fila, de gente, de assunto, de tarefa. Escolho ir fazendo as coisas sem grandes pensamentos nem observações.

Durmo e não sonho.

Sandor chega, quase duas da tarde, com várias telas enroladas debaixo do braço, uma sacola grande com o travesseiro que se molda ao peso da cabeça, a bolsa xadrez de viagem, a mochila com os materiais de pintura. O avental está pendurado para fora, cheio de manchas coloridas e ainda frescas. A gente se abraça, ele não pergunta nada. Eu não conto das cinzas nem o que fiz com elas ou aonde fui parar. Apenas digo: precisava pegar meu nome de volta. Ele me abraça e diz que eu tenho um nome bonito, fala *dicsőség*, e eu sei que é húngaro mas parece desassossego. Que não devo me preocupar com nada disso, e que descobriu um filtro especial para colocar na frente dos óculos que permite a ele enxergar tonalidades diferentes de verde. Que acha agora que meus olhos podem ser mesmo verdes, e olha para dentro do meu olho tão dentro que chego a nos imaginar cegos. Tento explicar que eu precisava de parênteses para descobrir quem eu queria ser e que não sabia mais onde colocar o nosso filho, e que ainda não sei, mas ele faz que não ouve. Estou de volta, eu digo, e ele volta a me abraçar. Seu pai? Meu pai. Não vai ser nada, Sandor me diz. Eu me viro rápido para a cozinha, de onde mal tinha saído, viro o mate e preencho com água fervendo, ele vem junto.

Na geladeira não há nada, tirando duas ou três coisas estragadas e por ali uma cenoura e um tomate, e mais ali dois pares de ovos, manteiga, e no freezer verduras congeladas e no armário um pacote de queijo parmesão ralado em pedaços grandes.

Sandor fala de montanhas e eu organizo a bancada da pia. Sandor pega uns cubos da cenoura que acabo de cortar, levando-os à boca, e eu falo do exame que preciso fazer amanhã cedo; está marcado. Sandor olha as roupas no varal ainda molhadas e diz que eu não precisava lavar também as dele e que os lençóis ele já tinha trocado. Sandor diz que não tem nada para comer mas aquilo tudo já está virando uma grande omelete. Sandor diz que não pode comer ovo e que ele come tudo errado desde que me conheceu. Eu pergunto se isso é ruim ou gostoso, e ele diz que é gostoso. Pego um prato para virar a omelete na frigideira e ele vem por trás me ajudando na difícil manobra, que termina bem-sucedida mas com rastros de gema e clara, mais para gema, para os quais ele diz: depois eu limpo vocês.

— Amanhã tenho mais exames.
— Se precisar, chama.
— Não tem mais nada pra descobrir.

Acordo cedo e caminho para o laboratório, perto de casa, passando pela sequência de praças, atravessando a avenida. Repasso mentalmente a ladainha do útero ao contrário, para começar, do caso anormal, para continuar, da minha juventude, para constatar, do é assim mesmo hoje em dia, para arrematar — e do arrependimento, meu, por não ter imaginado antes, não ter me preparado antes, não ter guardado uma parte de mim antes para que agora ela pudesse se misturar e multiplicar.

Enquanto decido se caminho até a faixa de pedestres ou se continuo em linha reta entre os carros parados, tomo a decisão de não olhar mais para mim mesma como um nome de um diagnóstico. As mulheres no oco da minha cabeça dizendo vem, vem. Passo entre os carros de esguelha, dizendo meu nome em voz alta para ninguém ouvir.

Consigo subir os degraus do laboratório e abrir as pernas para o médico pela trigésima vez. Sempre um médico diferente, mas hoje coincide que é um que eu reconheço, e então rio pensando que nos últimos tempos fui mais penetrada por objetos gelados do que por quentes, mas que objetos gelados não são ruins em si mesmos, é só olhar o teto ou conversar fiado ou enrolar o elástico de cabelo no dedo ou pensar em nada: essa aí não sou eu por dentro.

E que o ovário que parecia morto na verdade não está, e que o ovário que parecia bom continua bom. Que menopausa precoce é um nome grave e eu sou ainda tão jovem que não se deve pronunciar. E que nada é bem assim quando olhamos com lupa ou pela tela do ultrassom, porque acaba virando outra coisa e que importante mesmo é saber como eu me sinto.

Ainda tem o exame de mamografia, meus peitos se achatando entre chapas frias, sensação de matadouro que se aplaca quando termina, peito ainda latejando, minhas mãos em volta, e que bom isso de poder carregar os próprios peitos enquanto caminho pela avenida íngreme combinando o horário para fazer as unhas ali perto. Algo pequeno e fútil. Possível. Escolho entre amor-perfeito e suflê-de-goiaba ou quem sabe cinzas-do-verão, enquanto tento dar rosto àqueles que têm o trabalho de dar nome a cores de esmaltes. Com Gisele, Fátima, Nalva, Maria, Jailma, Mara, escolher as cores lendo os nomes é sempre um momento feliz. Entregar as mãos a elas, um gesto de entrega: eu dou as minhas, lançando-as para as delas, e elas voltam acariciadas e perfeitas.

Tocando o mundo com a ponta dos dedos, retiro meu passe para o metrô, notando como as pessoas são belas, mas não bonitas, e sim uma potência de beleza de dentro, umas vezes mais apagadas do que outras, cada uma carregando essa vela no lugar do coração. Acho mesmo que existe isso, e entendo quem dá espaço e quem não dá, quem oferece e quem pega para si. Acho estranho o idioma que falam, porque é também o meu mas ainda não me acostumei, e todas as minhas informações ainda são processadas em espanhol, depois vertidas ao português com algum esforço, o recipiente todo meio misturado, o anzol voltando às vezes com a palavra errada, parecendo certa, mas vou indo, o peito já não lateja. As estações têm nomes familiares e me levam sempre a outras que já sei que viriam, sem surpresas, o que me faz chegar à estação certa sem esforço, como se estivesse sendo guiada por uma imensa esteira mecânica, de onde salto para caminhar até o hospital e acatar os rituais de chegada: pois não, a foto para o recepcionista, o álcool gel nas mãos e o sorriso aberto do meu velho quando abro a porta:

— *Llegaste!*

Sim, cheguei, tudo correu bem, lá estava bem frio, mas você teria gostado, fiz tudo o que precisava, falei com quem precisava, e estava tão bonito, deu tudo certo, agora estou de volta, o que você precisa, abaixo sim o respaldo da cama, espera aí que não funciona, ai, desculpa, desci em vez de subir, sim, ligo a TV, mas como é que pode não ter a Globo?, vamos ver esse campeonato aí de sumô, chegou a comida, não quer nada?, um suquinho? É de caju, toma. Vou ficar aqui lendo um pouco. Elazar te mandou um beijo. Não precisa acender a luz, não, tudo bem aí? Está abafado lá fora mas ponho sim o cobertor, quer mais um? Ai, desculpa, molhou quando a enfermeira veio, ela derrubou meu copo d'água no chão aí já viu, mas espera aí que vou pendurar aqui e já seca num instante. Abaixo mais, sim. Não, pode desligar que estou bem assim, você não quer mesmo comer mais nada? Ah, sabe que desenvolvi uma teoria nova de por que as pessoas viajam?

— Como assim?

— Para ver sempre as mesmas coisas, procurando a sensação que as coisas provocam nelas.

— Lá vem a minha filha.

— Ah, o mar sobre a *rambla*, por exemplo. Você não acha que o que a gente procura ver é como o cinza se mistura com o azul e que isso pode estar em qualquer lugar do mundo?

— Sim, mas lembra que ali a água é de rio, do estuário do Prata, e que portanto a tonalidade sempre vai puxar outra mais escura, que dependendo do céu vai se parecer com azul.

Ele vai me dizendo isso e paro de puxar assunto, porque reparo que já está de olhos fechados e bem aconchegado sob o lençol esticado e os dois cobertores felpudos, pronto para um cochilo. Faço uma massagenzinha suave nos pés e ele se queixa, recordando a podóloga da Nara que ele chamou na casa deles para resolver uma coisa do pé que doía e que tirou uma lasca do dedão. *¡Nunca más!*, ele diz, depois ri, porque afago os pés com cuidado, embrulhando-os na ponta de cobertor que continuava meio solta. Sento-me na cama dura do acompanhante até minha irmã chegar, e ela chega e trocamos a guarda, e meu pai acorda e ainda digo que o deixo nas melhores mãos, que a noite será uma noite boa, e desejo boa-noite, saindo com um vaso chinês na bolsa que não cheguei a mostrar.

Volto para casa ainda pensando nas linhas paralelas que transmitem paz e qual seria a relação entre o azul das águas do rio da Prata e o reflexo do céu de Montevidéu, e me ocorre pensar em uma música que fala de "olimar", que na verdade é o nome de um rio mas que eu sempre associei a esse cheiro que só se sente caminhando pela *rambla, el olor del mar*, na minha tradução pessoal. *Cuando en tierras extrañas miro triste/ la lejanía azul del horizonte/ siento clarito al Olimar que pasa/ y la brisa me trae olor a monte...* cantada aos passos das estações de metrô, e ao chegar perto de casa roubo um jasmim do jardim do prédio dos psicanalistas que fica na minha rua. Durmo com cheiro da casa de Tita ao meu lado, um cheiro de Toujours, da flor colocada num pires ao lado da minha cama, um ninar de aroma que teletransporta a um tempo em que tudo era bom e, quando não era, passava rápido. Dor não dura muito quando a gente é pequena. Ser pequena não dura muito também. Nada dura muito. Um filho.

Preciso contar para o velho que tem um sobrevivente do *Titanic* enterrado no Cementerio Central. Preciso contar que cinzas de gente têm consistência de flocos de aveia. Precisamos comprar as passagens. E assim o sono vem vindo, vindo, indo, ndo, do, e sonho com meu pai caminhando, caminhando, perdendo as roupas, que iam se desmanchando, e nesse desfiar ele também vai se quebrando, como se os ossos fossem feitos de areia e começassem a se desfazer, deixando a forma que tinham para se confundir com o vento, e eu atrás, de carro, seguindo seus passos e falando pai, sobe aqui que te dou uma carona, ele se vira para trás, apenas uma silhueta, aceita e vem entrando no carro.

E quando vejo já é o dia seguinte, outra vez, e para não dizer que era o mesmo dia olho para a ponta dos meus dedos e noto uma cor que não é a de ontem, e tomo os medicamentos das caixas novas pensando que não são eles que me fazem andar e sim a força das minhas pernas, que geram o tamanho dos meus passos, e que o tamanho dos passos diz respeito à vontade de caminhar, e que para caminhar basta saber para onde ir ou sair andando para ver o que tem por aí, e eu deixo porque sei. Sandor está de pé tomando café e se preparando para sair. Ainda falo: Olha, tem mensagem da minha irmã, tudo certo na guarda. Tomo o café que ainda tinha na cafeteira de vidro e trocamos palavras precisa de carro, não preciso do carro, que horas você vem, na sexta tem jantar nos amigos, quem eram mesmo?, ah claro, já sei, pode deixar, mas qualquer coisa a gente avisa, tá, não tem problema, vai dar tudo certo. Me despeço dele na porta, que ainda deixo sem trancar. Preparo a bolsa como se fosse para o dia inteiro, com livro, guarda-chuva, casaco e nécessaire, deixo a casa arrumada, o mínimo de estender a cama e lavar as xícaras de café, recolher as toalhas, a que ainda não usei mas que já vou usar porque preciso mesmo é de uma boa ducha, e enquanto me seco e começo a me vestir o celular toca e é a Nara:

— Seu pai não está reagindo
— Não está reagindo como
— Não tem reação nenhuma
— Mas o que é pra fazer
— Nada agora, os médicos me pediram para sair do quarto
— Se puder pega a mão dele por mim. Diz pra não ter medo
— Estou fora do quarto
— ... quando ele passar por você...

Tinha um Nevada por aqui, não tinha? Um cigarro uruguaio agora para respirar e me reconectar com o corpo: nada pode esperar o tempo de um cigarro. Me olho no espelho, penso em que roupa vestir, e decido rápido, qualquer coisa serve. Chamo o táxi e desço, sentindo cada degrau debaixo do sapato, será que está bom esse ou melhor o tênis, ou melhor outra roupa, ou melhor ai meu deus. O trânsito não incomoda, o calor não incomoda, o frio não incomoda: tudo acontecendo ao mesmo tempo e nada incomodando: podem me levar a pé que seria igual: eu indo apenas porque preciso ir. O tempo interrompido naquele telefonema: seu pai não está reagindo. E chego ao hospital para saber. Eu só quero saber, eu só preciso saber. Então a espera de três horas numa antessala da unidade de terapia intensiva. E então a médica sem rosto nem nome que fala em morbosidades, vir a ocorrer o óbito, e que se trai quando diz, chegando ao final de uma lista, que o rim ferrou, e que se meu pai voltar vai enfrentar uma lesão cerebral grave. É isso agora: ele conectado a vinte tubos de cores e espessuras diferentes e a um respirador, e o corpo sendo inflado como um boneco de vento: o peito não devia subir tão alto. Como se pudesse explodir, receio que estivesse soprando ar demais, que houvesse tubo demais, que fosse droga demais, que ele estivesse no fundo dizendo: que caralho estou fazendo aqui?

Não tenho resposta, não me conecto a esse corpo de vento sem ar próprio e saio, Sandor já lá embaixo, adivinhando que a coisa não estava boa quando me ligou e eu disse do táxi: foi parada cardíaca, e não uma mas duas, e estou indo lá para ver o que aconteceu. Outros rostos vão aparecendo e por pouco não acontece uma reunião de irmãos, de mãe e de Nara no café do hospital para decidir os ritos — prematuramente. Esfiha de carne é o que como, com suco de laranja, um pedido que teria sido dele, porque ele gosta, quando começo a sentir que estou agindo como se eu fosse meu pai, ou em seu nome, ou movida por aquilo que acho que ele faria se estivesse no meu lugar.

Assim marionete de mim mesma decido caminhar, sair andando, deixar aquilo para trás, e Sandor me acompanha, dizendo: Olha, você pode voltar ao hospital, se quiser. Eu só desejando o movimento, o corpo em processamento, fazer algo, nem que seja com as pernas, ou com as coisas que pareciam estar se mexendo enquanto eu olho para elas em movimento. Mas ter Sandor dizendo que eu posso é bom, uma autorização consentida, um andar junto. Pegamos o metrô para o lado errado, errado sendo um jeito apenas diferente do certo, descemos e atravessamos a estação e baldeamos uma vez, e duas, e nos despedimos e sigo sozinha até a estação de trem e para um trem cheio, muito cheio, de hora da volta do trabalho para casa, e nos alto-falantes o aviso de que todos os passageiros deveriam descer para que o vagão seguisse para manutenção. O que era uma plataforma cheia vira uma plataforma duas vezes mais cheia, e sinto meu corpo comprimido por outras dezenas de corpos, e sinto meu corpo assegurado por todos esses outros, e penso que a gente não cai porque existem esses outros corpos. Desço na minha estação distante, com o cair da noite de um dia nublado, e um sol aparecendo num pedaço do quarteirão à frente, para onde sigo sem pensar, acompanhada por um velho com uma pasta nas mãos e sem dentes que aparece e segue ao meu lado falando sem parar, um falar enrugado. Não entendo nenhuma de suas palavras, mas sigo seu ritmo, rápido, e atravessamos a avenida larga por baixo de um viaduto onde costumavam ficar homens e mulheres de rua e viciados em crack. Não sinto medo algum, o velho me acompanha, no quarteirão próximo tem um sol batendo de um jeito bonito, estou indo para o meu único compromisso, meu momento de voltar a ser uma aluna, ter colegas, imaginar que posso aprender algo novo e diferente. Eu sei chegar e sei sair; sei também o caminho de casa.

A folha não vira mas já é um novo dia, tenho hora marcada na dermatologista, agenda que sigo com obediência. Entro, ela me abraça, e eu aproveito um colo estranho mas não pouco familiar, ela que já me picotou partes e pintas e olha para meu rosto dizendo você não tem uma ruga, e eu lembrando de quando meu pai olhou fixo para mim na cantina italiana e o mundo parou quando ele reparou no meu primeiro pé de galinha. E eu ficava com alguma pena olhando meu pai olhando a filha envelhecendo.

— É claro que eu tenho, mas não quero essa coisa aí na minha testa que apareceu e que não parece coisa boa.

— Você quer agora?

— Sim, e tem mais outras duas pintas estranhas, na barriga e na perna, pode cortar.

— Vai doer um pouquinho.

Penso que tudo bem doer um pouquinho, porque meu pai ainda está lá. E que bom que é ter coisas para doer um pouquinho quando tenho o pai para contar: Olha, fiz três cortes e doeu um pouquinho. Eram pedaços que eu não precisava mais mesmo; sobravam. Saio mancando do consultório, tomando todo o tempo do mundo para caminhar lentamente, chegar ao trabalho do Sandor, almoçar com ele num japonês de pratos executivos rápidos que eles chamam de bentô: o meu está bom, porque quentinho, e um arroz com textura suave, e um chá verde com sabor forte e poeirinhas verdes no fundo.

Passo pela eritrina, minha árvore favorita, que colore o dia cinza com suas espadas vermelhas. Pai, você não acha que as cores ficam mais vivas quando o fundo esmaece? Não, minha filha, cor é uma ilusão que se pensa que se vê melhor quando o resto está mais nítido. Quando o resto *parece* estar mais nítido. E se tivesse um som, qual seria o do vermelho? Ah, mas se tivesse, se tivesse, se você tivesse quatro rodas seria um fusca. Aaah, um fusca com pés de galinha. Mas, sério, imagina o Beethoven, pai, como é que ele fazia quando deixou de ouvir? Ah, aquela era uma mente gigante, ele conhecia todos os sons e sabia como se uniam, como se distanciavam. É, mas teve uma hora que ele cansou e nem conseguiu terminar a obra, não era essa a *Inconclusa*? Não, *qué bruta sos*, esse foi Schubert. Ah.

O metrô de novo, as pessoas de novo, esmaecidas em sua chama de beleza: todas meio iguais, passando sem pedir licença. Sou um fantasma saindo do transe, vou me corporificando à medida que o vagão para, abre as portas, fecha e segue. A cada estação ganho mais corpo, num processo lento e seguro, que me permite chegar ao hospital inteira e serena:

— Sobe, faltam quinze minutos para acabar a visita, e seu irmão está lá sozinho — me disse minha cunhada, posta no saguão como um pilar forte e solitário.

Entro e vejo meu pai deitado na mesma posição de ontem. Nada dele se modificou: as feições, a posição das pernas. O peito sobe menos alto, e desce menos baixo também. No monitor, os batimentos traçam desenhos. Não entendo as linhas mas sinto que falam do ritmo do coração que bate. Meu irmão, ah, meu irmão, ele diz:

— As pontas dos dedos estão frias.

E sorri um sorriso de quem faz um elogio, um carinho, um comentário de pura ternura. Meu irmão chora sorrindo, e ainda me diz que é possível que liberem as visitas, e eu pergunto quem foi que disse isso, e ele me diz a enfermeira, e eu

pergunto se aquilo era uma informação genérica ou específica, e ele me olha com cara de ah, lá vem ela com essas perguntas, e responde: genérica. Então vem a médica, de cabelos cacheados repartidos ao meio, óculos no bolso do avental, mãos generosas, gesticulando com calma e doçura:
— Vocês querem me contar um pouco sobre ele?

Pai, eu estou com um band-aid na testa. Me diz se isso não é ridículo?

Saio da UTI e começam os telefonemas. Gente que adivinha quando me escuta. Gente que desliga e vem correndo nos encontrar. Tanta gente. Eu digo com força e clareza: ele está em seus últimos momentos. Pensem no velho, um pensamento bom, um silêncio. Vamos ajudar o cara a partir. Pode demorar muito, pode demorar pouco. Não sabemos mais nada. De Montevidéu, antes de embarcar para cá, Elazar me diz: mas, Pinpi, você sabe que ele sente se você fizer carinho ou falar com ele, não sabe? Já não é hora de visita, mas a médica tinha autorizado subir ao quinto andar a qualquer momento. Ligia, ela se chama. A dra. Ligia disse que posso subir, falo na portaria, e recebo uma etiqueta com meu nome, o do meu pai, o leito 7 marcado e um adesivo redondo cor-de-rosa, que me faz passar sem perguntas pelos seguranças.
   Então reencontro meu velho, que continua dormindo sem se mexer.

Não sinto nada além de querer ajudá-lo a ir embora. De todos os sinais presentes, apenas o visor dos batimentos cardíacos é para mim compreensível em um primeiro momento: acima de 100, abaixo de 100, e quando abaixa de 100 soa um apito agudo, alertando para essa linha imaginária da normalidade: o equador do coração. O som alerta meus sentidos: sei que meu pai pisou nessa linha, como quem joga amarelinha e salta fora do quadrado num tropeço. Acima de 100, acima de 100. Tomada por uma calma inaudita, começo a cantar baixinho, segurando ora seu antebraço, ora a testa, ora a mão no coração dele. Uma canção que calava fundo no velho, e que costumávamos ouvir nas reuniões familiares regadas a uísque e discos de nosso país, que naquela época parecia tão longe, tão longe. Canto baixinho, respeitando os silêncios, a estrofe, as repetições, o verso que fala, no final, *porque el corazón no quiere/ entonar más/ retiradas*, e vou repetindo cada vez mais baixo, minha mão direita no coração dele, a esquerda acariciando o antebraço, que está bem quentinho. O apito que se repete, em intervalos menores, e minha calma. Mudo de lado da cama e dou as costas para o monitor dos números, agora a minha mão esquerda está em sua testa e a direita, no coração. Eu digo vai, vai, não fica com medo, aqui está tudo bem, você fez tudo certo.

Pai, posso agora ser só sua filha?

E me ocorre rezar um pai-nosso, e eu sei que haverá controvérsias a respeito das diferenças entre meu pai, a religião e a política, que Nara pode não gostar, mas penso que mal não vai fazer, e recito cada verso, e sorrio em algumas partes, e minha mão no coração dele. A dra. Ligia se aproxima, me explica os números decrescentes com doçura, apertando a própria mão e soltando os dedos, bombeando um coração de mentira, me pergunta quando vai chegar o irmão dele do Uruguai, eu digo que ele está a caminho, e nessa hora chega a minha irmã, na hora certa, porque toda hora é certa, a gente é que se atrapalha.

Não precisamos nos dizer nada, dra. Ligia está fechando as cortinas azuis de plástico que envolvem a cama de meu pai. Ao lado há uma paciente com dor, que geme, mas agora eu não ouço mais nada a não ser minha irmã cantando bem pertinho dos ouvidos do papai. Eu identifico a música e me aproximo pelo outro lado, faço a segunda voz e rimos juntas ao imitar a voz do nosso velho, sua voz de barítono lírico, nosso cantador de tangos, milongas, boleros. O apito soa mais vezes, esse é nosso pai respondendo: ele está indo, está indo. Agora é um som constante, agudo, que dura pouco porque a dra. Ligia desliga o som. O braço do meu pai continua quentinho. Minha irmã chora e ri, faço um sinal da cruz na testa do velho, eu agradeço. A gente se abraça, meu corpo virando um tronco caído em cima do tronco caído da minha irmã, e as duas apoiadas no abraço.

Elazar está chegando. A dra. Ligia diz: Nós cuidaremos dele agora. Seu tio pode subir se quiser, ou vê-lo lá embaixo.

Precisamos pegar esse elevador e descer.

Nada importa tanto. Meu pai, meu pai, meu pai. Todas as mãos que me trouxeram até aqui agora, e a minha no coração dele, que respondeu, tranquilo e silencioso, vou sim. Meu pai, meu pai, meu pai. Esse imenso túnel, o trem chegando, alguma cidade do outro lado, o trem passando, passando, passando.

Meu pai, meu pai, meu pai. O ascensorista é anão e, mesmo sendo pequeno, sai para liberar o espaço estreito entre ele e a porta e deixar que os passageiros entrem ou saiam, quando o elevador chega, porque demora, alguém comenta que elevadores de hospital não tremem, por isso são lentos, o tempo virou e faz muito frio, muito frio, ao meu redor sinto uma tristeza sem nome, de rostos sem traços, de quadros sem cor, apenas os abraços e o calor que vêm deles. Um imenso branco em volta de mim, silencioso, sereno, límpido, com paredes que se misturam do chão ao teto, sem limites nem ângulos retos. Um quarto branco. Uma felicidade do avesso, uma paz triste, uma paz.

© Gabriela Aguerre, 2019

Todos os direitos desta edição reservados à Todavia.

Grafia atualizada segundo o Acordo Ortográfico da Língua Portuguesa de 1990, que entrou em vigor no Brasil em 2009.

capa
Ciça Pinheiro
imagem de capa
Regina Parra
preparação
Lívia Deorsola
revisão
Valquíria Della Pozza
Jane Pessoa

Dados Internacionais de Catalogação na Publicação (CIP)
——
Aguerre, Gabriela (1974-)
O quarto branco: Gabriela Aguerre
São Paulo: Todavia, 1ª ed., 2019
120 páginas

ISBN 978-85-88808-55-3

1. Literatura brasileira 2. Romance
3. Literatura contemporânea I. Título

CDD B869.93
——
Índice para catálogo sistemático:
1. Literatura brasileira: Romance B869.93

todavia
Rua Luís Anhaia, 44
05433.020 São Paulo SP
T. 55 11. 3094 0500
www.todavialivros.com.br

fonte
Register*
papel
Munken print cream
80 g/m²
impressão
Geográfica